wyznania
twórcy
pokątnej
literatury
erotycznej

JERZY PILCH

wyznania
twórcy
pokątnej
literatury
erotycznej

1953-2003

WŁ 50-lecie

Wydawnictwo Literackie

Redaktor prowadzący
Anita Kasperek

Korekta
Henryka Salawa
Elżbieta Stanowska
Małgorzata Wójcik

Redaktor techniczny
Bożena Korbut

Projekt okładki i układ typograficzny
Robert Oleś

Niniejszą edycję oparto na drugim wydaniu książki:
Wydawnictwo Puls, Londyn, 1999

Książki Wydawnictwa Literackiego
oraz bezpłatny katalog można zamawiać

Wydawnictwo Literackie Spółka z o.o.
ul. Długa 1, 31-147 Kraków
bezpłatna linia informacyjna: 0 800 42 10 40
http://www.wl.net.pl
księgarnia internetowa: www.wl.net.pl
e-mail: ksiegarnia@wl.net.pl
tel./ fax: (+48-12) 422 46 44

ISBN 83-08-03378-4

Hanuli

Kraków

Nastał przestępny rok 1980, obfitujący w okrągłe daty i rocznice, lekka zima minęła nieoczekiwanie szybko, a moje od lat prowadzone notatki i zapiski, wielokrotnie łączone w całość, nadal nie osiągały wymarzonej objętości. Nastał rok 1980, ja zaś nadal nie byłem pisarzem. Nawiedzały mnie demony lenistwa i nałogów, a w głębi duszy, serca i ciała zauważałem pierwsze objawy zmęczenia. W moich snach przestały pojawiać się szczupłe Rosjanki w zielonych bluzkach; kobiety śniły mi się powierzchownie i szybko, rano prawie niczego nie pamiętałem, sny nie przynosiły natchnienia, nie mobilizowały do zapisywania fantasmagorycznych fabuł. Przechodziłem nad tym do porządku dziennego. Jednego dnia pragnąłem być nieokiełznanym wizjonerem, następnego — piewcą codzienności. Miałem trzydzieści lat i nadal nie wiedziałem, z czego czerpać tworzywo: z niewyraźnych snów, z niepozbieranych myśli czy też może z własnego ciała, które osiągnęło fizjologiczną nieomylność. Nie ustawało w wegetacji, jego mroczna architektura okrywała mnie szczelnie; mimo iż w podręcznikach chirurgii i atlasach anatomicznych opisano je gruntownie, mimo iż w traktatach filozoficznych granice pomiędzy mną a światem zostały wytyczone, wiele kwestii spornych oczekiwało jeszcze uzgodnienia. Sprowadzanie kształtu i sensu świata do własnej fizyczności przerastało zresztą moje siły. Zdawałem sobie sprawę, że nie zostanę bardem wszechmogącej anatomii. W gruncie rzeczy nie rozumiałem jej zwierzęcego języka, który wzmagał się we mnie i rósł, coraz bogatszy w znaczeniowe niuanse.

Byłem wtedy — podczas odrętwiająco ciepłych początków roku 1980 — natchnionym i beztroskim rusofilem. Moim ulubionym pisarzem był Borys Pilniak, moje wyimaginowane partnerki nosiły rosyjskie imiona: Swieta, Nadia, Nastieńka, w zaułkach obcych miast, którymi błądziłem niekiedy we śnie, rozpoznawałem peryferie Moskwy lub Chabarowska. Rusofilstwo moje, tak jak inne skłonności, podszyte było opacznością i nieznajomością rzeczy: język rosyjski znałem słabo, literaturę rosyjską powierzchownie, dziejów Rosji wcale. Z jedynej podróży, jaką odbyłem do tego kraju, również zapamiętałem niewiele: fragmenty architektury z gwiazdą u szczytu, przechodniów w futrzanych czapach i gardłowe okrzyki maszynistów, zahartowanych w bojach z przestrzenią. Mimo to w chwilach, w których pragnąłem zostać pisarzem pogranicza kultur, w grę wchodziły jedynie niebywale ruchliwe obrzeża PRL i ZSRR. Cały świat patrzy na Małaszewicze, szeptałem do siebie, i zdanie to wydawało mi się dobrym początkiem wiersza lub powieści.

Niewytłumaczalna fascynacja Rosją nie znajdowała również najmniejszych uzasadnień w moim życiorysie. Urodziłem się w miejscowości leżącej na południowej granicy kraju. Z okien domu rodzinnego — a w każdym razie ze szczytu wznoszącej się w pobliżu góry — widywałem pogodny obraz pięknych Czech. Tamtejsze krajobrazy powinny więc stać się dla mnie źródłem inspiracji, archetypy moje powinny przybierać postać tłustawych Czeszek, karpackie peryferie PRL i ČSRS powinny stać się mityczną krainą, ku której powracałaby pamięć i wyobraźnia. Niczym docierający do kresu wędrowiec na starej rycinie powinienem przeniknąć strzeżoną przez wopistów zasłonę, spojrzeć na czeskie zaświaty i czerpać stamtąd siły i energię. Tak postąpiłby każdy rzetelny penetrator pogranicza kultur. Mnie jednak brakowało konsekwencji i uporu. Jednego dnia nęciły mnie kosmopolityczne perspektywy, zderzenia mentalności i filiacje etniczne, ale już następnego pragnąłem eksplorować jednorodność, docierać do prehistorii rodzimości i tworzyć macierzyste mitologie. Jednego dnia chciałem być kronikarzem pogranicza, następnego odkrywcą sedna. Mając do wyboru znajdującą się w zasięgu wszystkich zmysłów Czechosłowację i wyimaginowany Związek Radziecki, wybierałem chimerę ZSRR. Moja niewytłumaczalna i niezgodna z życiorysem miłość do prozy Pilniaka i zawrotnych piruetów Tatiany Leibiel była daleko większa od wrodzonej sympatii do Jaroslava Haška i martwej, choć nadal długonogiej łyżwiarki Hany Maškovej. Stojąc na szczycie góry, wdychałem zapach Czechosłowacji. Jeśli opowieści wielkich pisarzy o magicznym znaczeniu dzieciństwa były prawdziwe, wszystko, co miało mnie spotkać w przyszłości, już się tutaj zdarzyło. Bratni kraj pachniał dobrze rozwiniętym rolnictwem i bogato zaopatrzonymi sklepami.

Nastał przestępny rok 1980, ja zaś nadal nie byłem pisarzem. Moim głównym zajęciem stało się w tych dniach zdobywanie pożywienia. Każdego ranka ruszałem uzupełnić zapasy. Do sklepu spożywczego prowadziła okrężna droga, oddzielał mnie od niego rozległy obszar ogródków działkowych i wznoszący się w środku tego obszaru biały biurowiec. Zaniedbana ścieżka, której szara nawierzchnia przypominała mi rodzinne strony i niezapomniane lata pięćdziesiąte, biegła pomiędzy altanami i niewielkimi parcelami. Cały rok trwała tam uprawa rachitycznych roślin; były tak mizerne i na wskroś wyprane z wszelkich witamin, iż nigdy nie udało mi się odróżnić zbioru od zasiewu. Ścieżka urywała się na tylnej ścianie biurowca, siatki i gzymsy nie pozwalały na ominięcie budynku, trzeba było wejść do środka i przez kilka korytarzy definitywnie skrócić drogę. W pustych pomieszczeniach słyszałem szum wentylatorów, przekładnie nieznanych mechanizmów dźwięczały dobrze naoliwionymi łożyskami, na ścianach pojawiały się światła łagodne jak oswojone zwierzęta. Zawrotna liczba drzwi wskazywała, iż budynek pochodził z czasów, w których czyniono wszystko, aby zapobiec wznoszeniu barykad i zatrzymywaniu zakładników; był owocem stylu bardziej sprzyjającego przybywającym z koszar żołnierzom niż ukrywającym się wewnątrz spiskowcom. Posadzki pachniały pastą, nic nie wskazywało, iż za kilka miesięcy ten niezniszczalny i wiekuisty zapach instytucji ustąpi zapachowi prowizorycznych obozowisk, brezentowych śpiworów i suchego prowiantu.

Pod ścianami stały przeszklone szafy, na półkach tonęły w ospałej deformacji maszyny matematyczne, okazy rzadkich minerałów i stosy zbytecznych dokumentów. Leżały tam także pojedyncze egzemplarze starych polskich powieści, żywoty polskich pisarzy, białe tomy „Biblioteki Narodowej" Ossolineum. Nie znałem większości tych dzieł, przez mętniejące szyby odcyfrowywałem tytuły i nazwiska autorów, wydawało mi się, że lektura którejś z tych książek ukształtuje moją wyobraźnię, zmieni porządek dnia, określi światopogląd; moje nigdy nie przekraczające stu stron notatki, jakby niepewne ostatecznego kształtu, który przyjdzie im przybrać, trwały w stanie nie kończącej się inkubacji, nie mogłem wykluczyć, że po przeczytaniu jednej z dawnych polskich powieści ujrzę świat innymi oczyma, stanę się innym człowiekiem.

Wiarę w moc pojedynczej książki odziedziczyłem po ojcu. Ojciec mój czytywał wyłącznie *Wyznania hochsztaplera Feliksa Krulla*. Inne książki w jego bibliotece, od dawna nie zdejmowane z półek, zarosły kurzem i przeistoczyły się w ledwo widoczne runiczne napisy. Natomiast powieść Manna pęczniała od coraz to nowych zakładek, jej marginesy pokrywały swawolne ilustracje, tabela kolejnych głośnych i cichych lektur nie mieściła się już na karcie tytułowej, a z każdej strony filował zapach ciała i garderoby ojca. Ten jedyny żywy tom w jego księgozbiorze zdawał się nabierać pozorów rzeczywistej wegetatywności, jakieś drobiny naskórka, molekuły łupieżu, cząstki elementarne oddechu próbowały się w nim zagnieździć na dobre. W pewnym sensie powieść ta, stając się przedłużeniem anatomii ojca, dzieliła los mojej matki.

W większym jednak stopniu udało się jej zachować samodzielność.

Wtedy — na początku roku 1980 — nie utrzymywałem już kontaktów z ojcem ani z domem rodzinnym. Nie znajdowaliśmy w sobie wystarczającej dozy zrozumienia dla naszych słabości, jego i mnie nawiedzały podobne, choć nieustępliwie walczące ze sobą demony. Od czasu do czasu wysyłałem do domu kłamliwe listy, w których donosiłem o moich sukcesach zawodowych, odpowiedzi jednak nie nadchodziły; pozwalało mi to przypuszczać, iż kłamstwa zostały rozszyfrowane i pozostawiono mnie własnemu losowi. W gruncie rzeczy byłem z tego zadowolony; przedłużający się okres przygotowań wymagał spokoju.

Ojciec mój powinien być pisarzem. Epoka, w której minęła jego młodość, sprzyjała pisarstwu. Na piaszczystych drogach pojawiły się pierwsze samochody, otwartymi traktami sunęły wielkie armie, zdumiewające, fantastyczno-realne powieści nie zostały jeszcze stworzone. W przydrożnych zajazdach nie spotykało się już wprawdzie nędznie odzianych łowców przygód, niemniej fabuły niewiarygodne (zawierające sceny cudownych ocaleń) zdarzały się wówczas nieustannie. Należało jedynie poświęcać ich opisywaniu dwie godziny dziennie. Mój ojciec nie czynił tego jednak. Trwonił najwydajniejsze chwile dnia na lekturze *Wyznań hochsztaplera Feliksa Krulla.*

Epoka, w której mijała moja młodość, a zwłaszcza przedwcześnie upalne początki roku 1980 nie sprzyjały pisarstwu. Współcześni pisarze budzili się w za ciasnych mieszkaniach, wdychali zapach nie otynkowanych domów, jeździli zatłoczonymi autobusami, żywili się w stołówkach, oswojone żywioły wody, prądu i gazu ułatwiały im życie. W letnie i pogodne dni najwytrwalsi spośród nich obserwowali świat. Używając drugiej osoby liczby pojedynczej, rozmyślali o ojczyźnie. Jeżeli rozejrzysz się wokoło, ujrzysz domy, wewnątrz których krzątają się kobiety z gładko zaczesanymi włosami. Zza sinej mgiełki horyzontu nadpływa rzeka, idąca z gór stojących na straży granic. Równiny i dym unoszący się nad budynkami. Myślisz: „Moja ojczyzna jest w zasięgu mojego wzroku, poza tym zasięgiem równiny i domy, nadal, aż do biało-czerwonych szlabanów".

Pragnąłem zostać pisarzem. Zbliżając się do trzydziestki, postanowiłem wyciągnąć z młodzieńczych marzeń ostateczne i rzeczywiste konsekwencje. Niczego jednak nie umiałem. Nie rozumiałem świata. Nie czytałem starych polskich powieści. Mogłem jedynie chybotliwym tropem pisma rejestrować skurcze ścięgien i mięśni oraz mnożyć nieskończone spowiedzi ignorancji. Mogłem ćwiczyć pamięć i opisywać rozmaite chwile mojego życia. Na przykład obraz, jaki widziałem przed wielu laty po zakończeniu meczu piłkarskiego. Publiczność zgromadzona po przeciwnej stronie trybun rozchodziła się w różnych kierunkach, w ostatecznym jednak kształcie ten nieskładny ruch zmierzał ku zanieczyszczonej i niesymetrycznej, ale czytelnej i dobrze widocznej promienistości. W centrum najszybciej odsłoniły się zakryte białymi gazetami ławki i miejsce to, powiększając się, sprawiało wrażenie o wiele bardziej obnażonego, niż było w rzeczywistości. Mogłem takim właśnie obrazom przypisywać źródła zagadkowych iluminacji.

Chciałem być pisarzem, lecz ochota ta podszyta była niewiarą i niepewnością. Jednego dnia pragnąłem być pisarzem kreacjonistą, następnego pisarzem realistą, jednego dnia chciałem być pisarzem barokowym, następnego ascetycznym. Na przemian pragnąłem wznosić niebotyczne piętra fikcji i osiągać najgłębsze pokłady dzienników intymnych. Nie byłem pewien, czy książki, które powinienem napisać, mają być tomami nowel, czy też powieściami, czy styl mój ma się cechować pierwotną burzliwością, czy też schyłkową manierycznością. Moim ulubionym pisarzem był Borys Pilniak, choć zdarzały się dni, w których tęskniłem do innych Wielkich Rosjan.

Każdego ranka szykowałem polskie jedzenie, na drodze do sklepu spożywczego napotykałem ogródki działkowe i psychodeliczne wnętrze biurowca, popołudnia zaś spędzałem wśród wąskich uliczek śródmieścia. Choć w górze szalały kontynentalne upały, fragmenty tych zaułków tonęły w niewytłumaczalnych ciemnościach. Instynkt prowadził mnie do miejsc, w których mógł nastąpić początek somnambulicznej fabuły, na przystanki tramwajowe, do działów spożywczych wielkich domów towarowych i w głąb targowisk. Pewnego dnia przez dobrych kilka godzin tropiłem osobliwą parę: krzepką staruszkę o demonicznie płaskim obliczu oraz towarzyszącego jej niedojdę. Niedojda miał około czterdziestu lat, był olbrzymiego wzrostu i nosił smolistą brodę. Zielony, nieco zbyt obszerny garnitur nadawał mu wygląd nieboszczyka z przygodowych powieści dla młodzieży, poruszał się chybotliwie, rozsiewał zapach naftaliny i alkoholu, z rodzajem mechanicznej elegancji pochylał się nad staruszką. Jej spojrzenie (w przeciwieństwie do jego) wyrażało absolutną rozwagę i jasność myśli, jedynie porozpinana z tyłu sukienka, pod którą widać było zgrzebne plecy, świadczyła o niedawnym przypływie szaleństwa. Nie spuszczałem ich z oka, wsiadałem do tych samych tramwajów, trzymałem się w bezpiecznej odległości, pewien, iż tym razem będę świadkiem wszystkiego, co może zdarzyć się pomiędzy prologiem a epilogiem. Nic się jednak nie działo, kuśtykali wolno, lecz zdecydowanie, aż zniknęli wreszcie za bramą czteropiętrowej kamienicy. Wróciłem do siebie. Nie zdejmując garnituru, położyłem się na kanapie i do późnej nocy rozpamiętywałem ewentualne szczegóły historii nie mieszczącej się w głowie.

Od czasu do czasu odwiedzał mnie Mariusz S., hebefreniczny eseista rujnujący w poszukiwaniu nie istniejących argumentów miejskie archiwa. Mariusz S. znał stare polskie powieści, swobodnie, lecz bez przyjemności, pławił się w ich — jak odgadywałem z jego relacji — prowizorycznych fabułach. Świat idei pochłaniał go do tego stopnia, iż reszta jego istnienia składała się z kilku podstawowych i nienaruszalnych nawet przez literaturę czynności fizjologicznych. Był moim rówieśnikiem, uczyli go ci sami nauczyciele, te same instynkty torowały sobie drogę w ciemnościach jego ciała, napotykał krajobrazy, które ja mozolnie i daremnie próbowałem uogólniać. On nie czynił takich prób, choć zapewne szłoby mu łatwiej; ze świata idei oraz ze starych polskich książek zaczerpnął niemało sekretów fachu pisarskiego. Jego opowieści o drobnych udrękach życia codziennego miały wręcz narkotyczny smak literatury gnomicznej. Na początku roku 1980 świat idei parszywiał z wolna, Mariusz S. zaś nosił jasne półkobiece bluzki, pod którymi kolebało się jego osowiałe ciało.

Trud pisarski, jakby podwojony niemocą mojego ojca i Mariusza S., wydawał mi się tym cięższy.

Bratały się we mnie dwie pustki, dwie suche rzeki wyznaczały sobie we mnie bieg. Miałem z uporem czerpać z własnej niewiedzy i z własnego żywota pozbawionego przygód, kobiet i podróży. Pozornie niezliczone sposoby przezwyciężania losu były wszakże daremne. Świadomość ta działała na mnie deprymująco. Na to zaś, aby zostać pisarzem w pewnym sensie i pójść śladem na przykład Elizy O. czy też Józefa W., brakowało mi wyobraźni, konsekwencji i — co tu kryć — pieniędzy.

Eliza O., niska brunetka o wypukłym czole i biuście, Eliza O., która swego czasu budziła i zaspokajała moje pożądanie, również pragnęła zostać pisarką. Kiedy zrozumiała, iż mimo mijających lat jej zapiski i notatki nigdy nie przekroczą stu stron, zaczęła wydawać perwersyjne bankiety. Poruszając się wśród zaproszonych gości niesłychanie wolno, tak wolno, jakby jej ciemna krew zmieniała właśnie stan skupienia, czuwała nad literaturą zabawnych powiedzonek, wytrawnych win, doskonałego jedzenia i egzotycznych strojów. Wrodzoną zwięzłość ciała starała się okupić przesadnie wydłużonymi rekwizytami, długimi sukniami i paznokciami, cienistymi rzęsami, włosami do ramion, wielokrotnymi naszyjnikami i pełznącymi jej śladem frędzlami szalów. Milcząca, majestatyczna, krążyła pomiędzy swymi wielbicielami i niejednemu z nas wydawała się wtedy łudząco podobna do Gertrudy Stein lub Virginii Woolf. Gdy jednak zostawaliśmy sami i podniecony kontrastem pomiędzy obszernością sukien a brakiem bielizny, docierałem do niej na rozmaite sposoby, pewne drobne szczegóły jej zachowania dobitnie świadczyły, iż zdaje sobie sprawę z niedoskonałości tego rodzaju ersatzów fachu pisarskiego.

Józef W., którego znałem jeszcze z ławy szkolnej, także pragnął zostać pisarzem. Spory zmysł do interesów i mieszkający za granicą krewni pozwolili mu pójść o wiele dalej. Był przy tym ambitniejszy niż Eliza O. i w pewnym sensie bardziej bezkompromisowy. Pierwsze niepowodzenia (wielotomowe powieści, które zaczął pisać, utknęły na początkowych rozdziałach) podsunęły mu myśl, iż pisarstwo może być funkcją zarówno okoliczności wewnętrznych, jak i zewnętrznych. Kupił dom w górach. W jednym z pokoi urządził pracownię. Na ustawionych wokół ścian regałach stały tomy klasyków, pamiątki z egzotycznych podróży i prywatne fotografie skamandrytów. Na pokrytym zielonym suknem biurku leżały pisma literackie, przybory do pisania (ulubiony parker, pelikan i waterman), z okien widać było nie tkniętą cywilizacją dolinę, a w powietrzu unosił się zapach kawy, tytoniu i starych książek, którymi Józef polecił impregnować ściany. Efekty, jakie osiągnął, były niemałe. Jestem więc pewien, że gdy wieczorami wychodził przed dom, zapalał fajkę i karmił psa, czuł się jak po kilku dobrych godzinach pisania.

Próbowałem pójść ich śladem, próbowałem jak Eliza O. i Józef W. stać się pisarzem w pewnym sensie. Szukałem zajęcia, które mogłoby zastąpić pisarstwo lub stać się pisarstwem. Nie miałem jednak szczęścia. Imałem się różnych fachów i odwiedzałem różne instytucje, lecz nigdzie nie czułem się na swoim miejscu. Również moja miłość do Borysa Pilniaka nie była aż tak bezgraniczna, aby jego dzieła przyjąć za swoje, aby odnaleźć się wśród tych szczęśliwców, którzy pragnąc zostać pisarzami, zastają swe dzieła już gotowe i jedynym zadaniem, jakie ich czeka, jest upodobnienie do autora. Nie byłem w aż tak dobrej sytuacji, aby pisarstwo moje sprowadzić do wyszukiwania identycznego fasonu kurtek i kołnierzyków, palenia tych samych papierosów i umieszczania ich w tym samym kąciku ust. Gdyby nawet tak było, natrafiłbym na niemało przeszkód. Choć moja pozbawiona wyrazu twarz sprzyja charakteryzacji, fotografie Pilniaka są praktycznie nieosiągalne.

W pierwszych miesiącach roku 1980 zarabiałem na życie, pisując w jednym z dzienników cotygodniowe felietony reklamowe. Zajęcie to, choć nieźle płatne, wymagało trudu i zachodu. Moim zadaniem było wyszukiwanie rozmaitych przedmiotów codziennego użytku i ich zachęcający, mieszczący się na dwóch stronach maszynopisu, opis. Znalezienie rzeczy godnej uwagi sprawiało mi niejednokrotnie spory kłopot. Niejeden też raz powtarzałem się w argumentacji. Wierzyłem jednak, że niesymetryczne wizerunki tych przedmiotów i długie litanie ich niedorzecznych nazw zagnieżdżą się na dobre w mojej wyobraźni. Wierzyłem, że kiedyś spożytkuję je w swoich książkach; w zależności od przyjętej konwencji pełnić tam będą funkcję realiów lub ornamentów.

Co tydzień z gotowym maszynopisem wychodziłem z domu i kierowałem się ku redakcji. Tyle razy przemierzałem drogę pomiędzy kruszejącymi murami, tyle razy wdychałem zapach amoniaku i gnijących gołębi, tyle razy odgadywałem, co kryje się za tutejszymi ciemnościami, iż miasto z czasem pogrążyło się we mnie. Ruszałem w głąb jego mrocznych trzewi, tak jakbym ruszał w głąb siebie. W niedzielne wieczory bywało przeważnie puste, mieszkańcy kryli się w domach, jakby chcąc zagłuszyć przymus poniedziałkowego wstawania. Kraj, który trzydzieści lat temu okazał się moją ojczyzną, był krajem ludzi pracujących. Budynek redakcji przecinała ciemna, pachnąca gliną sień. Po prawej stronie mijałem klub działaczy partyjnych, po lewej salę taneczną. Znałem to miejsce z literatury. Pisarze kiedyś tu zatrudnieni rzeczowo przedstawiali w swych książkach codzienną drogę do pracy: ciemną i pachnącą pokątną geologią sień, drzwi prowadzące do klubu i szklaną ścianę, za którą ociekające potem tancerki wyzbywały się resztek wdzięku. Mimo najlepszych chęci, niczego nie potrafiłem w tym opisie uzupełnić. Zwłaszcza że sala taneczna przestała wkrótce istnieć. Zburzono ściany i zerwano podłogę. Na falującym jeziorze gliny, które ni stąd, ni zowąd pojawiło się wewnątrz gmachu, rozpoczęto trwające dzień i noc wielkie roboty górnicze. Zostawiałem maszynopis na portierni i wracałem do domu. Mijałem studnię, przy której spalił się oszalały starzec, schody, z których runął pijany student, księgarnię, pod którą zginął przypadkowy przechodzień.

Gdy przed wielu laty pojawiłem się tu po raz pierwszy, rynek pulsował bełkotliwą wrzawą codzienności, a rok 1980 wydawał się datą odległą, nierealną i nie do przeżycia. Archaiczne samochody o opływowych karoseriach sunęły wąskimi uliczkami, a ich sędziwi konstruktorzy nadal zachowywali szlachetną wiarę w opór powietrza.

Byłem wtedy — na wiele lat przed upalnymi początkami roku 1980 — kandydatem, który w sercu kruszejącej architektury miał przystąpić do egzaminów wstępnych. Choć nie przeżyłem jeszcze wielu rzeczy i nie przeczytałem wielu książek, opuściłem dom i moje życie uległo zmianie. Utrudzony jazdą spoglądałem na coraz szersze rozlewiska torów. Za żółtawymi oknami wagonu eksplodowało miasto. Dachy spichrzów i kopuły kościołów unosiły się w górę, słychać było śpiew i szum ziarna. Do domu akademickiego, w którym miałem spędzić czas egzaminów, ruszyłem piechotą. Już wtedy pragnąłem zostać pisarzem. Rzeczy widziane po drodze nie wydawały mi się jednak godne literatury. Za szybami wystawowymi, w świętych piramidach przedmiotów, kobiety wyszukiwały ostatnie egzemplarze kostiumów kąpielowych. Unosił się kurz i słychać było gwar młotów pneumatycznych. Pogrążeni w asfalcie robotnicy wyglądali jak zbawcy wydobywający się po wiekach milczenia na powierzchnię planety. Pod naporem mas upalnego powietrza moje ciało nie zdobywało się nawet na samoobronę potu.

Akademik okazał się budynkiem o pociemniałych ścianach. Z okien widać było stadion, pełen wiecznie trenujących zawodników, hotel, którego apartamenty były obserwatoriami obcych wywiadów, oraz Błonia zarosłe białą azjatycką trawą. Z dołu dochodził bełkotliwy rytm muzyki i delikatny szmer cudzych oddechów. Obudziłem się w chłodzie przejrzystego świtu. Zapach kruszejących murów po raz pierwszy zagnieździł się we mnie. Pierwsze ziarna tynku znalazły we mnie podatny grunt. Rok 1980 wydawał się datą nierealną, odległą i nie do przeżycia. Nie miałem jednak najmniejszych wątpliwości, że kiedy nastanie, będę pisarzem. Pisarzem demaskatorem wstydliwych epizodów historii lub pisarzem pogrążonym w konsekwentnym kreowaniu własnego świata, autorem powieści galicyjskich lub powieści eksperymentalnych, twórcą prozy autotematycznej lub historiozoficznej. Tymczasem rok 1980 nastał niepostrzeżenie, a moje notatki i zapiski, wielokrotnie łączone w całość, nadal nie osiągały wymarzonej objętości. Rok 1980 nastał niepostrzeżenie, a moim jedynym pisarskim sukcesem było doprowadzenie do pomieszania zmysłów kioskarki Ryszardy Machczyńskiej. Falsyfikaty pism służbowych, które w chwilach obezwładniającej bezczynności wysyłałem pocztą lub zostawiałem pod drzwiami wiecznie zamkniętego kiosku, odniosły piorunujący efekt. Nieszczęśliwa kobieta zapadła się w sobie i znieruchomiała w centrum sztucznego światła niczym azjatyckie bóstwo. Przez teatralną lornetkę widać było, jak z wolna zamienia się w słup soli. Inna sprawa, że w porównaniu ze mną nie dysponowała prawie żadnymi środkami wyrazu. Po jej stronie kilka odręcznych świstków: „Odbiór towaru", „Zaraz wracam", „Wyszłam do biura", „Zamknięte z powodu choroby", po mojej kredowy papier, imitacje pieczęci, metaliczny zapach maszynopisu i imperatywny styl Złotej hramoty. Z dniem na podstawie paragrafu ustęp z kodeksu pracy rozwiązuję z obywatelką umowę. W związku z licznymi skargami wzywam obywatelkę do niezwłocznego stawienia się dnia między godziną celem wyjaśnienia sprawy. Zawiadamiam obywatelkę, że w dniu o godzinie do punktu sprzedaży obsługiwanego przez obywatelkę przybędzie komisja kontrolna celem sprawdzenia stanu i trybu pracy. Fragmenty tych pism na dobre utknęły w jej odrętwiałej głowie. Jestem pewien, że nawet teraz siedzi w pozycji obronnej, jakby zasłaniając się przed ciosami, które runą lada moment. Tai w sobie odruchy fizjologiczne i wstrzymuje oddech. Spogląda w głąb ulicy, przekonana, iż za chwilę ujrzy tam wolno jadącą czarną wołgę, z której wysiądzie komisja: dwóch mundurowych i jeden cywil z ognistym mieczem w ręce.

Nastał rok 1980, ja zaś nadal nie byłem pisarzem. Byłem co najwyżej postacią literacką, wyrazistą zapewne, lecz drugoplanową. Byłem postacią literacką, choć tylko Pan Bóg wspomniał o mnie mimochodem i między wierszami swego dzieła. Każdego ranka śpieszyłem do sklepu spożywczego i przemierzałem duszne wnętrze biurowca. Z przesadną uwagą zatrzymywałem się nad każdym hieroglifem piasku, każdą znalezioną monetą, każdym źdźbłem trawy. Jakby w nadziei, że znaki te ułożą się w olśniewający wzór, według którego napiszę powieść o poznawaniu świata. Dokonywane co roku sezonowe poprawki nie pozwalały mi dobrnąć do końca i jedynie miasto przez wszystkie te lata pogrążyło się we mnie. Mokre i rozgrzane powierzchnie ulic zapadły we mnie jak w otchłań razem z waluciarzami i schizofreniczkami, razem z wnętrzami sklepów i lichymi towarami. Monety wrzucane do czapek włóczęgów przesypują się we mnie, gazety sprzedawane przez kobiety o sparaliżowanych twarzach szeleszczą we mnie, zalegające księgarnie stosy azjatyckich książek z wolna wchodzą mi w krew.

1980

Indyk Beltsville

Przedmioty tkwiące w koronie drzewa toczą daremną walkę z mrocznymi siłami grawitacji. Przez gąszcz liści widzę emaliowany kubek, zardzewiały nóż stołowy i wiele innych rzeczy równie lekkich. Indyk na szczycie rozpościera skrzydła. Mogłoby się wydawać, że są to skrzydła obfitości i że z nich właśnie sypią się ku ziemi przypadkowe, lecz istniejące dobra. Rozpościera skrzydła, jakby chciał ruszyć dalej wzdłuż upatrzonego szlaku.

Z jego punktu widzenia stanowimy symetryczną i zagadkową grupę. Słomkowy kapelusz Dziadka Pustówki skupia na sobie dzienne światło. Kwiecista sukienka, jasne włosy i czeska biżuteria pani Herminy. Ach, pani Hermina! Poprawia uczesanie i śmieje się jak szalona. Krople śmiertelnego potu na czole stryja Józefa, on sam oparty o mur i poruszany przejmującymi dreszczami.

Ciało komendanta Kalety wewnątrz ciemnej i nie-symetrycznej bryły willysa niczym organiczne centrum upału. Wreszcie dr Folwarczny spoczywający w wysokiej, nie koszonej trawie; roje pszczół i motyli pławiące się w zapachu jego martwej i leżącej jakby poza nim nogi.

Próbuję ogarnąć całość, odnaleźć własną perspektywę i odgadnąć początek historii, która się już rozpoczęła. Pociski toną w listowiu, przekleństwa nie imają się ptaka, broń jest nieosiągalna i nieużyteczna. Szabla dryfuje przez labirynt ścian, a myśliwska strzelba zarasta kurzem i korozją. Sytuacja zmusza do stosowania środków perswazyjnych. Nie można dopuścić do poplątania wnętrzności, do zatraty siedmiu wiekuistych smaków. Drzewo jest zbyt grube, aby nim potrząsnąć, tam zaś, gdzie dotarł indyk, zbyt wiotkie, aby się nań wspiąć.

Stryj Józef siedzi na trawie oparty o ścianę domu. Mimo to chwieje się, poruszany wiejącymi wewnątrz niego podmuchami. Wydobywa ukrytą w nogawce butelkę. Wódka przenika przez powietrze jego ciała tak łatwo jak pierwszy śnieg. Wstydzi się swego nałogu. Błądzi mało uczęszczanymi ścieżkami i sypia, gdzie popadnie. Przed paroma tygodniami urządził sobie legowisko u boku indyka Beltsville. Sypiają razem w ostatniej, graniczącej z zabudowaniami gospodarczymi izbie mieszkalnej. Stryj Józef wślizguje się tam co wieczór, kładzie na podłodze i zasypia pod troskliwymi warstwami nawozu. W kącie drży amorficzna głowa indyka. W domowym cieple, wśród ograniczających swobodę mebli, jego anatomia nabiera świątecznej obfitości. Oddech stryja miesza się z zapachem odchodów i w izbie panuje smród nie do opisania. Każdego dnia przed snem Józef przyrzeka sobie powrót do dawnego życia. Jest to jednak niemożliwe. Jakby powiedział Bruno Schulz, za bardzo oddalił się od wszystkiego, co ludzkie i rzeczywiste. Trawa, w której tylekroć spał, od dawna jest gotowa na jego przyjęcie. Okoliczna ziemia wchłonęła w siebie tyle jego oddechów, iż będzie się w niej czuł jak we własnej skórze. Ostatniej nocy stryj Józef dostał zawrotów głowy. Był monterem linii wysokiego napięcia. We śnie ujrzał ziemię z wysokości trakcyjnego słupa. Obok niego był Bóg, który czerwoną od mrozu ręką zaszywał ścieg dokonanego żywota. Lodowata igła chwiała się w bożych palcach, niedługo runie w dół i przebije na wylot serce. Stryj Józef rozumiał wymowę tego obrazu, bo płakał przez sen. Jego szlochowi towarzyszyła rytmiczna i niska pieśń uwalniającego się indyka Beltsville. Ogłuszony smrodem i bezruchem ptak rozwinął skrzydła. Siły i energie zgromadzone w udomowionych mięśniach kończyły się wprawdzie, ale starczyło ich na bełkotliwy lot od ściany do ściany. Krążył nad niczego nie słyszącym Józefem, w końcu trafił w okno i mozolnym, przez nikogo nie zauważonym lotem wzbił się na szczyt stojącego w ogrodzie drzewa. Nad ranem stryj Józef obudził się przeniknięty chłodem i zapachem trawy. Przez rozbite okno świecił reflektor zimnego, górskiego powietrza. Z hieroglifów tynku, nawozu i pierza odczytał krótki opis walki i lotu. Zdjął ubranie nasycone wszystkimi składnikami świata. Wygrzebał z włosów resztki indyczego gówna. Ruszył przez wysoką azjatycką trawę w kierunku rzeki. Woda z łatwością oczyściła jego ciało, zaspokoiła pragnienie i wzmogła krążenie krwi. Zanurzył się po szyję, podniósł głowę i zauważył indyka Beltsville kołyszącego się sennie na szczycie lipy.

Biały słomkowy kapelusz nadaje Dziadkowi Pustówce wygląd wiekuistego farmera. Nie widzi indyka, ale czuje na sobie jego krwisty i demoniczny wzrok. Nieomylnie obraca twarz ku wierzchołkowi drzewa. Świat, w którym przebywa, jest inaczej oświetlony. Wypełniające przestrzeń obszary ciemności i jasności są znane tylko jemu. W miarę zbliżania się do spokoju bliskiego całkowitej ślepocie tryumfują w nim żywioły głosu i pamięci. Przesłuchuje wnętrza ścian, cegieł i przedmiotów. Słyszy szepty, szelesty i niedostrzegalne przegrupowania trocin. W jego mózgu toczy się bełkotliwa akcja dwudziestowiecznej powieści. Powieść ta nie ma porządku chronologicznego. Niektóre rozdziały powtarzają się kilkakrotnie. Najobszerniejszy jest opis zajeżdżającej przed dom kawalkady umundurowanych okupantów. Szukają oficerskiej szabli i innych insygniów; przetrząsają piwnice i strych. Dziadek Pustówka stoi w ogrodzie, pali papierosa i przypatruje się okupacyjnej pogodzie. Tymczasem ukryta w kominie szabla brata się z murami. Następne epizody są krótsze. Opisują przejazd Mościckiego pod bramą rolniczą, powrót starego Pustówki z Ameryki, cytują piękne kazania biskupa Wantuły stojącego u szczytu pustej i świetlistej muszli kościoła. Wątek współczesny zajmuje niewiele miejsca. W Polsce Ludowej Dziadek Pustówka sprawował urząd naczelnika poczty. W czasie żniw telefonistki, spedytorzy i listonosze pracowali przy sprzęcie zbóż. Po pracy spożywano wielokrotnie jajecznicę i pito samogon. W niedziele urządzano festyny i zbiorowe fotografie. W miarę upływu czasu język powieści ulega coraz wyraźniejszym zmianom. Obrazy, metafory i symbole stają się coraz rzadsze. Pozostaje klarowny, choć niekiedy pozbawiony logiki wywód. Około sześćdziesięciu stron zajmuje monolog Dziadka Pustówki, rozbudzonego pewnej sierpniowej nocy łoskotem wspinających się ku granicy czołgów. Ze względu na osobliwe połączenie panujących ciemności z prawie zupełną ślepotą narratora jest to tekst nasycony do granic sensu epitetami dźwiękowymi i onomatopejami. Łoskot czołgów, chrzęst ich gąsienic, wibracje pokonujących wzniesienia silników ustępują z wolna w klarownej, choć jednozmysłowej pamięci czystemu jak sygnaturka brzęku dobrze podkutych kopyt. Oba dźwięki dzieli trzydzieści lat i potrzeba tu nie lada interpretatora, aby z ich bełkotliwego współbrzmienia odcyfrował kształt biało-czerwonych szachownic na czołgach czy też szczegóły umundurowania, nazwiska żołnierzy i imiona koni zatrzymujących się na pierwszym popasie w Gnojniku, jesienią 1938. Narratorami ostatnich fragmentów są coraz częściej radiowi lektorzy, których Dziadek słucha nieprzerwanie. Epizody poświęcone Józefowi pojawiają się rzadko. Został spłodzony po powrocie z Węgier, w zimie 1940 roku. Po urodzeniu ważył kilo dwadzieścia i nie miał skóry.

Ptak kołysze się na drzewie. Stryj Józef uspokaja własne ciało. Dziadek Pustówka czuje na sobie wzrok indyka Beltsville i cała scena zapisuje się w jego pamięci jako kolejny rozdział. Być może jest to już epilog, wraca wszak do pisma obrazowego, obfituje w sceny symboliczne i pełen jest schyłkowego nastroju.

Pani Hermina stoi zalotnie oparta o płot, przekomarza się z nami i radzi skierować ku wierzchołkowi drzewa silny strumień wody. Wydobyty z pralni szlauch obracam ku górze. Ciśnienie jest jednak zbyt słabe, woda dociera zaledwie do najniższych gałęzi, płoszy kurz, drobne listki, martwe owady i cały ten harmider sypie się na nasze głowy. Pani Hermina śmieje się jak szalona i szybkimi ruchami poprawia włosy. Ach, pani Hermina! Gdyby działo się to w innych czasach, mógłbym śmiało powiedzieć, iż ciało jej jest nam doskonale znane. W powieści Dziadka Pustówki jeden z najsolidniej ocenzurowanych i opatrzonych najsekretniejszymi sygnaturami rozdziałów poświęcony został opisowi tego ciała. Ci, których Dziadek zapoznał z fragmentami, wiedzą wszystko. Ach, pani Hermina! Stoi oparta o płot i z wprawą iluzjonisty manewruje ukrytą w dłoni szminką. Obywa się bez lusterka, zdaje sobie sprawę, iż jeśli nawet chybi, drobna skaza w rysunku przyda zniewalającego uroku. Indyk Beltsville nie interesuje jej wcale. To my, mężczyźni, trudzący się czymś w rodzaju polowania, jesteśmy przedmiotem jej figlarnej uwagi. Pozornie nikogo z nas nie wyróżnia. Pozornie gotowa jest wspólnie z Dziadkiem Pustówką napisać jeszcze jeden rozdział jego powieści lub przynajmniej raz jeszcze odczytać tamten sekretny i ocenzurowany. Pozornie wiernie oczekuje na godzinę trzeźwości stryja Józefa. Pozornie może zmierzyć się z pozbawionym jakichkolwiek obszarów erogennych ciałem komendanta Kalety i skupić na sobie jego rozkojarzoną uwagę. Ach, pani Hermina! Dr Folwarczny również może oczekiwać, iż jej pieszczoty zastąpią mu najdoskonalej nawet skonstruowaną protezę. Nad jego martwą nogą wzbijają się roje pszczół i motyli, zwabione gęstniejącymi w niej sokami. Pani Hermina nadal wznieca wokół siebie aureolę owadów, listków i kropel wody. Stworzenia i drobiny towarzyszące jego nodze i jej włosom zdają się bratać ze sobą i gwarantować im więź osobliwą, lecz trwałą. Ja także jestem nie bez szans. Przypuszczam zresztą, iż to do mnie pani Hermina kieruje najznaczniejszą część seksualnego chichotu. Jestem tu wszakże najmłodszy, choć nie tak młody, aby niedojrzałość moja mogła odstręczać. Jestem szczupły, choć już zaczyna wzbierać we mnie poświata tłuszczu. Piszę książki i czynność ta wyposaża mnie w niebywałą charyzmę. Ach, pani Hermina! Osaczamy indyka. On zaś nas osacza. Indyk Beltsville i pani Hermina biorą nas w dwa ognie erotyzmu i zwierzęcości, gastronomii i seksu. Jego zawieszona na wysokościach obietnica i jej przyziemne obiecanki wplątują nas w kabałę, z której nie bardzo wiadomo, jak się wyplątać.

Komendant Kaleta siedzi za kierownicą zielonego willysa. Zapala i gasi silnik. Rozmawia z nami przez otwarte drzwi. Jego pozbawione obszarów erogennych ciało sprawia wrażenie ostoi służbowego porządku. Zalotne spojrzenia pani Herminy i niesubordynacja indyka w nim powinny odnaleźć pogromcę. Niestety, komendant jest dzieckiem popychanym przez byle jakie wiatry. Pokryta dziedziczną opalenizną skóra to jedyny element jego natury konsekwentny, odporny i nieustępliwy. Pozostaje przypadkiem. Trwa mimochodem. Władza, którą sprawuje, nie utwierdza go w oczekiwanej nieomylności. Klarowne i jednoznaczne dyrektywy służbowych regulaminów wyzwalają w nim subtelnego i dociekliwego interpretatora. Konieczność zachowywania tajemnic zawodowych ściera się z nieposkromioną potrzebą ich ujawniania i komentowania. Najbłahsze decyzje są dla niego uciążliwą fatygą. Wdaje się w narkotyczną, wiodącą na manowce grę z samym sobą. Czas upływa mu na rozmyślaniach, czy skręcić w prawo, czy w lewo, otworzyć czy zamknąć okno, wstać z krzesła czy na nim pozostać. Wykształca w sobie niebywałe odruchy i przezwycięża je. Nie wie, czy sprzeciwić się osaczaniu indyka, czy też je poprzeć. Nie wie, czy zgasić silnik i wysiąść z samochodu, czy też odjechać. Także pomiędzy nim a siedzącym na szczycie drzewa ptakiem zachodzi osobliwe podobieństwo. Resztki instynktów ulatniają się z ich niesymetrycznych głów. Nieokreślone ambicje pchają ich w nieznanym kierunku i nie pozwalają zarazem ruszyć się z miejsca. Ciała cierpną w obliczu ogromnych i budzących trwogę przestrzeni.

Dr Folwarczny, pozornie zupełnie bezradny, leżący w wysokiej trawie, wydany kalectwu, pszczołom i motylom, służy jednak sporą, choć nieco abstrakcyjną pomocą. Jego umysł, przywykły do nieustannego konstruowania skutecznych protez, montuje wymyślne urządzenie, które rytmicznymi uderzeniami w pień powinno spowodować najłagodniejszy z możliwych upadek indyka. Jest to prowizoryczne wahadło zbudowane z żerdzi, łańcuchów i odważników. Jego celne uderzenia rychło dotrą do włókien otaczających zwierzęce serce pnia. Dr Folwarczny leży w trawie, ustala rodzaj smaru i uzgadnia dane ostatnich przekładni. Dotknięty jest tym rodzajem kalectwa, z którym mu najbardziej do twarzy. Brak ręki byłby dla niego katastrofą. Mimo to trwoni szlachetność swej ułomności. Tyje i bezwładnie się rozprzestrzenia. Niedowład jego ma sens wyłącznie przy zachowaniu pozycji pionowej. Zamącona architektura jego ciała widoczna wówczas bywa w pełni. Pozycja leżąca — do której dąży przy lada okazji — bezlitośnie burzy perspektywę. Pani Hermina patrzy nań z niemałą życzliwością, coraz mniej znajdując jednak usprawiedliwień jego pokraczności.

Indyk szykuje się do ostatecznego odlotu. Białe pióro wypływa z zatoki skrzydła i nieskończenie spiralnym lotem ląduje w pobliżu nas. Przypominam sobie ten fragment powieści Dziadka Pustówki, w którym jest mowa o lornetce. Pozostawili ją razem z innymi przedmiotami pierzchający okupanci. Wchodzę do domu. Idę przez pokoje, otwierając drzwi i okna, zapalając światła, odkręcając krany. Żywioły powietrza, elektryczności i wody odnajdują swe naturalne łożyska. W większości pomieszczeń trwa apokalipsa rzeczy; wiszące na ścianach wizerunki budzących świętokradcze pożądanie aniołów potwierdzają prostolinijność życia duchowego domowników. Licho zachowana archeologia domu jest świadectwem flegmatycznego bratania pełnokrwistych lub anemicznych nacji, które w gruncie rzeczy niczym się nie różniły. Ileż razy przeszukiwałem tutejsze zakamarki, porządkowałem sterty kancjonałów, kalendarzy ewangelickich, zeszytów szkolnych i zniszczonych przedmiotów. Jakby w nadziei, iż trafię na pamiętnik któregoś z mieszkańców, na zapisane lustrzanym pismem czyjeś intymne notatki, na sztambuch służącej, dziennik jednego z wynajmujących tu pokoje letników. Odnajdywałem jedynie przedwojenne księgi rachunkowe. Zapisane kaligraficznym pismem, zawierające litanie nazwisk żydowskich kupców — Gross, Stein, Roth, Immerglück, Lełlich — sprawiały wprawdzie wrażenie dzieł sztuki, lecz ich autorzy byli dalecy od najprostszych nawet form ekspresji. Nikt nie zdradził się pojedynczym zdaniem zapisanym na marginesie kolumny cyfr, frywolnym rysunkiem czy bezinteresownym autografem.

W ostatniej izbie warstwy indyczego nawozu pokrywają podłogę plastyczną mapą nieznanych kontynentów. Za stertą ciężkich jak woda albumów (E. Feitzinger. Księgarnia. Skład papieru i przyborów fotograficznych), w kruchym całunie odchodów, podłużny odcisk ciała stryja Józefa. Przychodzi mi na myśl, iż obecność indyka Beltsville stała się tutaj uwierzytelnieniem cichej i niepozornej aneksji. Zbyt bliskie i długotrwałe sąsiedztwo zwierząt nie mogło pozostać bez znaczenia. Nawet teraz przez liche cegły i osypujący się tynk następuje nieustanna kontrabanda ziarna, zapachu i okruchów suchego nawozu.

Lornetka leży na wieku skrzyni wypełnionej zdrewniałymi butami. Pokryta łuską zeschniętego brudu, przypomina pancerz muzealnego kraba. Jednakże świat rozpościerający się poza soczewkami jest tak czysty, jakby obmyła go tropikalna ulewa. Przez rozbite okno przypatruję się przejmująco jaskrawemu i bliskiemu indykowi. Jego skrzydła są świętym labiryntem świetlistych pokładów piór, liści i okruszyn. Biała głowa przypomina architekturę kopalnych grzybów. W przekrwionym oku kołysze się pomniejszony kontynent okolicy. Widać żyzne doliny i lesiste zbocze. Dym wznoszący się nad odległymi domostwami, braci Czechów oklaskujących Spartę Praga. Jego iluzoryczna bliskość uświadamia mi niechybne prawa fizjologii. Indyk po tylu godzinach powinien być głodny. Niczego jednak nie znajduję. Szykowane na wypadek sądnego dnia zapasy jedzenia dawno zostały wyczerpane. W piwnicy pozostały jedynie gęste jak smoła przedwojenne kompoty. Alkohol musujący pod białym kożuchem pleśni ma smak sanatoryjnych nalewek.

Zrezygnowany wracam do stojących pod drzewem mężczyzn. Pani Herminy nie ma; przewidując szczęśliwy koniec łowów, poszła zmienić suknię. Nieoczekiwanie przychodzi nam z pomocą stryj Józef. W jego kieszeniach znajdują się pokruszone cząstki dań, którymi żywił się od miesiąca.

Resztki zapobiegliwie gromadzonych zrazów, steków, rumsztyków, bigosów, fasolek, eskalopek i surówek zamienione w mannę o niezapomnianym smaku i zapachu. Stryj wyjmuje z kieszeni pełne garście tej strawy, ja zaś staram się odwiecznymi ruchami bożego siewcy rozsypać to jak najszerzej i jak najdalej. Indyk trwa jednak nieruchomy i obojętny. Upajający zapach nie dociera widocznie do wierzchołka drzewa. Wówczas postanawiam resztkę jedzenia rozsypać na dachu. Dr Folwarczny wskazuje mi miejsce, w którym najlepiej usunąć dachówki. Wynurzam się z szarej powierzchni jak śpiący rycerz czterdziestolecia. Indyk jest niesłychanie blisko. Widzę go prawie tak dokładnie jak przez lornetkę. Rozsypuję wokół garść jadalnego piachu, on zaś rozwija skrzydła i ciężkim koszącym lotem ląduje tuż obok mnie. Przerażony prędkim obrotem sprawy, tracąc równowagę, bardziej odruchowo niż świadomie wyciągam ręce. Trzymam go za brudne, szponiaste nogi. On trzepocze skrzydłami, życiodajna manna z kieszeni stryja Józefa opada ku niebu, a zebranych na dole ogarnia euforia. Dziadek Pustówka wstaje z krzesła, pani Hermina biegnie w wieczorowej sukni, komendant Kaleta wybija na klaksonie pierwsze takty *Międzynarodówki*, dr Folwarczny unosi ku górze ręce, stryj Józef uśmiecha się nieprzytomnie.

Indyk trzepocze skrzydłami, ale jest to leniwy, pozbawiony polotu ruch, nie przychodzi mi nawet do głowy, że starczy mu sił, aby wzbić się ku górze i unieść mnie na pewną zatratę; jest to niemożliwe, uchodzą z niego resztki sił i cała impreza zbliża się ku końcowi.

Stryj Józef rozpala pod wielkim kotłem, pani Hermina nie szczędzi przypraw, mężczyźni podają sobie z rąk do rąk czarkę przedwojennego kompotu. Nieoczekiwanie zapada zmierzch i robi się zimno. Upijamy się beztrosko, zagryzając mięsem indyka. Jego smak ujawnia niespełnione nadzieje. Chciał wzbić się na niebywałe orbity i przekroczyć granice klimatów. W jego wnętrznościach tli się jeszcze wizerunek białego parowca, na którym karmiono by go ziarnem i rybami. Zabrakło mu jednak sił i teraz rozmieniany na drobne pogrąża się w zawiłościach naszych ciał. Wieczorowa suknia pani Herminy ujawnia pikantne defekty jej urody. Upijają się nasze ręce i nie jesteśmy w stanie utrzymać papierosów, kieliszków i kawałków jedzenia. Upijają się nasze serca przetaczające nadmierne porcje krwi. Komendant Kaleta rozpoczyna opowieść o spoczywającym na dnie Goczałkowic portrecie Stalina, ale nasz słuch i uwaga nie potrafią sprostać tej fabule. Zasypiamy z wolna kamiennym snem. Zasypia pani Hermina, nie znajdując wystarczających rękojmi rozkoszy w naszych pijanych i uśpionych ciałach. Jej sen jest jasny jak żarłoczne światło buntu i pożądania. Naturalna elektryczność otacza ją wieńcami ciepła, wnętrzności rozstępują się, sły-

40

szy długi i bełkotliwy monolog Boga, w którym ten stary organizator wyobraźni tłumaczy jej niestosowność zstępowania w łono pod postacią deszczu aluminiowych i do cna zdewaluowanych złotówek. Stryj Józef wraca do ostatniej izby i szykując się do rychłej śmierci, zasypia pod martwym nawozem snem bez tchu i światła. Paraliż snu łagodzi też sprzeczności w ciele dra Folwarcznego. Komendant Kaleta, unikając decyzji, powierza swe ciało regularnemu oddechowi i ciemnościom. Nie wie, czy śpi, czy czuwa. Ja zaś docieram do obnażonego serca domu, łóżka okrytego czerwoną pościelą.

O świcie budzi nas łoskot maszyn rolniczych. Nad górami wschodzi światło naturalne. W jego intensywnym i martwym blasku widać Dziadka Pustówkę otwierającego na oślep zabudowania gospodarcze i po omacku uruchamiającego glebogryzarki, sadzarki, opylacze i siewniki. Pracują pełną parą, a odgłos jest tak mocny, iż słyszy go chyba także żołnierz czuwający w granicznej strażnicy.

Towarzysz bez wyrazu

Nie należy zapominać, że partyjnicy nie spadają z nieba. Trzeba pamiętać, że wszyscy partyjnicy sami niegdyś byli bezpartyjni. Dzisiaj ktoś jest bezpartyjny, a jutro zostanie partyjnym. Czym się tu właściwie chełpić.

Józef Stalin

Nie wystąpię z Partii. Nie oddam legitymacji. Ani jednego z mozolnie wystylizowanych podań nie przepiszę na czysto, nie przedstawię egzekutywie. Napisałem ich tyle, że starczyłoby na książkę. Egzekutywo! Ten początek, jakże w swej prostocie doskonały, ileż kosztował mnie trudu, ileż chybionych prób, ileż potknięć, ileż fraz bezbarwnych i bez wyrazu. Ułożyłem ich tak wiele, że tworzą całe litanie. Plączą się w głowie nawet wtedy, gdy myślę o czymś zupełnie innym. Towarzysze! Drodzy Towarzysze! Bracia Towarzysze! Towarzyszu Sekretarzu! Bliscy Mi Towarzysze! Do Towarzyszy! Do Towarzyszy z Egzekutywy! Z samych nagłówków odczytać można dzieje moich rozterek, prywatnych odchyleń prawicowych, nieokiełznanych ciągotek ku kultowi jednostki. Zawarte są w nich mroczne historie moich odwrotów od szczytnych ideałów oraz opisy zgubnego w skutkach odrywania się od rzeczywistości.

Piszę przeważnie w nocy. Przez zgliszcza świecące neonami pustych sklepów pełzną bezszelestne patrole, jest cicho, niekiedy tylko narasta rytmiczny łoskot, jakby przybliżyły się azjatyckie pustynie, jakby ich zamarzające piaski intonowały międzynarodówkę powszechnej zagłady. Jeszcze kilka tygodni temu, zanim zaczęła obowiązywać godzina policyjna, przez cienkie ściany słychać było kroki spóźnionych przechodniów, szmer jadących samochodów, spazmatyczne wokalizy zagubionych pomiędzy światami pijaków. Wsłuchiwałem się w te odgłosy niczym w sygnały dalekich radiostacji, wsłuchiwałem się w tupoty, skowyty, bełkotliwe tąpnięcia, i zadawałem sobie pytanie, czy któryś z nocnych wędrowców, widząc światło w moim oknie, odgaduje jego przeznaczenie. Uśmiechałem się w duchu na myśl o banalnych skojarzeniach, jakie wywołuje ten oświetlony prostokąt, utwierdzałem w całkowitej anonimowości i w pełnym bezpieczeństwie. Byłem pewien, iż nikt nie potrafiłby odpowiedzieć, czym są, ku czemu zmierzają moje wywody. Nawet gdyby jeden z idealnych żywiołów wyniósł kogoś na wysokość piątego piętra i pozwolił mu przebić zasłonę.

Teraz jednak, gdy wszystko ucichło, gdy miasto skonało i stygnie na dobre, pojmuję, jak bardzo się myliłem. Patrzę na oświetlone okna — jest ich coraz więcej, jakby wynajęto resztę wolnych pokoi, jakby długo nieobecni gospodarze wracali z dalekich wojaży, niektóre nie gasną nawet wtedy, gdy zasypiam uniesiony celnością i pięknem jakiegoś sformułowania, patrzę tam, gdzie ktoś bardziej ode mnie wytrwały czuwa jeszcze, i nabieram pewności, że nie jestem osamotniony w swym trudzie. W końcu jednak zaświatowe podszepty rachunku prawdopodobieństwa wykluczają zupełną wyjątkowość mojej osoby. Nawet najwstydliwsze skłonności, nawet najintymniejsze sny, których niepowtarzalność zdawałaby się gwarantować ich przypadkowa kompozycja, dzieli ze mną co najmniej kilku współbraci. W labiryncie miasta kryć się musi niejeden współtowarzysz zajęty układaniem wszechobjaśniających petycji.

Patrzę na światła zanurzone w ciemnym krysztale mrozu i domyślam się, że w ich nieokreślonym blasku powstaje literatura przeznaczona dla egzekutyw, że powstają tam utwory, których pierwszymi czytelnikami będą pierwsi sekretarze podstawowych organizacji. Widzę jasno, że rodzą się tam odkrywcze i jedyne w swym kształcie formalnym arcydzieła, że niemało jest prac chybionych, ułomnych, kompletnie nieudanych. Są rzeczy rozpoczęte z rozmachem i w gigantycznym natchnieniu, pęknięte jednak w pewnym miejscu i zatracające swą wielkość. Są pozbawione polotu i indywidualnego piętna bezbarwne deklaracje. Są konstrukcje młodzieńcze, pełne nieodpowiedzialnej inwencji. Są dojrzałe, eksplodujące gnomiczną prostotą jednozdaniowe aforyzmy. W szufladach i tajnych skrytkach spoczywają szacowne zabytki tego piśmiennictwa, jego złote bulle, pierwsze słowa, imiona własne i zdania. Pochyleni nad stołami, poznają sekrety pisarskiego rzemiosła ci, którym będzie dana sława i nagroda, ci, których prace nigdy nie ujrzą światła dziennego, i ci, których sprawiedliwie ocenią przyszłe pokolenia. Szlachetni maniacy doskonalący swe dzieła w sekrecie przed najbliższymi i hochsztaplerzy obnoszący się z każdym słowem.

Wizja tej literatury wydaje mi się niekiedy tak piękna i patetyczna, iż nie wiem, czy poczuwać się do niej bezkrytycznie, czy też raczej przypisać jej autorstwo któremuś z klasyków: Marksowi, Leninowi lub Róży Luksemburg.

Światło w moim oknie może zwrócić uwagę żołnierzy. Na myśl o tym czuję obawę, ale też rodzaj ciekawości. Sam w końcu nie wiem, czy jest w moich wywodach coś nielegalnego, sprzecznego z obowiązującymi prawami, czy jest w nich coś konspiracyjnego i zakazanego. Oczywiście są one świadectwem moich najlepszych intencji i wewnętrznej — ale prowadzonej fair — walki. Nie jestem jednak pewien, czy ich stylistyczna nieporadność i brulionowy charakter nie przesłaniają obiektywnej prawdy. Nie jestem pewien, czy moja dobra wola jest w nich wystarczająco dobrze widoczna. Nie jestem tego pewien i chętnie odwołałbym się do opinii kogoś postronnego. Z własnej woli nie powierzyłbym nikomu tych szkiców, nie miałbym dość śmiałości, aby zanim osiągną kształt ostateczny, proponować komukolwiek ich lekturę. W gruncie rzeczy najbardziej dogadzaliby mi tacy czytelnicy, którzy z własnej i nieprzymuszonej woli czy też może z racji obowiązku sięgną po moje manuskrypty. Błąkające się w głębi świadomości instynkty zostaną wówczas zaspokojone, a mnie nie będzie wypadało nawet protestować. Wyobrażam sobie rozmaite wersje ich wizyty. Najbardziej lubię tę, w której powiesiwszy karabiny w przedpokoju, grzeją ręce nad rachitycznymi płomykami gazu, piją herbatę, a jeden z nich (krótko ostrzyżony blondyn o czystym spojrzeniu rewolucjonisty) prostym i celnym zdaniem rozstrzyga część moich wątpliwości.

Pierwsze egzemplarze, choć napisane zaledwie kilka miesięcy temu, pożółkły już i stały się prawie nieczytelne. Papier niszczeje teraz niebywale szybko, przez szczeliny w tynku i murze, przez rozstępy w drewnie, przez licho osadzone okna, pod niedokładnie zawieszonymi drzwiami sączy się zabójczy żywioł pełen piasku i pyłu, mrówek faraona i przejrzystych ogni, jego gorączkowy oddech staje się nie do zniesienia, wysusza skórę, przyśpiesza serca, wywabia rękopisy. Moje petycje, choć liczą zaledwie kilkanaście tygodni, sprawiają historyczne wrażenie, pożółkłe i nieczytelne, wyglądają jak manuskrypt prywatnych dziejów komunizmu. Niekiedy, gdy dotykam ich kruchych powierzchni, gdy odcyfrowuję niedawne argumentacje, czuję się jak weteran ruchu robotniczego. Na kilka chwil staję się starym komunistą, wytrawnym znawcą klasyków i ekonomii politycznej. Rytm mojego oddechu łączy się z oddechem ojczyzny, nasze losy pokrywają się w zdumiewająco symetryczny sposób. O najświętsza zgodo! O zgodna wspólnoto! O wspólna dolo! Uniesienie nie trwa jednak długo. Egzekutywo! Nawet ten nieunikniony, ostateczny i, zdawać by się mogło, jedyny z możliwych początek budzi wątpliwości. Egzekutywo, zwracam się do Ciebie... Nie wiem, czy organ kolegialny nie powinien się także cechować kolegialnością gramatyczną. Egzekutywo! Zwracam się do Was z uprzejmą prośbą o zaaprobowanie mojej decyzji. Postanowiłem wystąpić z Partii. Zdaję sobie sprawę, że ewentualna aprobata nie przyjdzie wam łatwo, zwracam jednak Waszą uwagę, Towarzysze, że krok mój nie ma w sobie nic z manifestacji. Oddając legitymację par-

tyjną, pragnę pogrążyć się w żywiole apolityczności, który jest żywiołem mi bliskim, w którym czuję
się najlepiej lub też w którym, jak sądzę, będę czuł
się najlepiej, będę, ponieważ w zasadzie nigdy nie
byłem bezpartyjny. Nie znaczy to, oczywiście, że
należę do Partii od urodzenia. Należę do organizacji — jak Towarzysze wiedzą — zaledwie od lat
pięciu. Wcześniej byłem jednak człowiekiem tak
młodym, iż — wyrażając się w sposób nieco górno-
lotny — nie było mnie wcale. (Podpis).

Jakże muszę się strzec, aby nie popaść
w przesadną drobiazgowość. Kilka miesięcy sty-
listycznego trudu nauczyło mnie, iż każde zdanie,
każde słowo stać się może źródłem niewyczerpa-
nych wątpliwości, przyczyną mglistych wyjaśnień,
początkiem sprzecznych wywodów. Czy nie powinienem na przykład wyjaśnić, iż z faktu, że łaknę
apolityczności, w której — jak napisałem — „będę
się czuł najlepiej", nie wynika bynajmniej, iż w Partii
czuję się źle. Czy nie powinienem, mimo wszystko,
dodać, iż z faktu mojego — jak napisałem — nieist-
nienia przed wstąpieniem do Partii nie wynika, że
narodziłem się, krocząc w szeregu. Niekiedy mno-
żę tego rodzaju uzupełnienia i aneksy. Monity moje
pęcznieją, rozrastają się w wielostronicowe elabo-
raty, w końcu tracę orientację w ich wszechstron-
nej epice. Niekiedy staram się pisać zwięźle. Wierzę
wówczas, iż prostota stylu nie wzbudzi wątpliwości u towarzyszy z egzekutywy. Pomiędzy środkami

ascetycznymi a barokowymi nie umiem jednak dokonać ostatecznego wyboru.

Jeszcze pół roku temu nie wymagano, aby ostateczne rozterki wyrażać na piśmie. Gdybym wtedy podjął decyzję (niepewność i niewiara w samego siebie towarzyszyły mi wprawdzie od samego początku), byłoby już po wszystkim. Nawet jeśli stawialibyście, Towarzysze, dodatkowe pytania, nawet jeśli moje odpowiedzi brzmiałyby bełkotliwie i nieprzekonywająco, nie musiałbym niczego poprawiać, udoskonalać czy rozpoczynać na nowo. A owa feralna, pierwsza, dziś już zupełnie nieczytelna stroniczka maszynopisu... Pierwsze podanie, z którego przedłożeniem zwlekałem jakiś czas i które przez ten właśnie, niewielki zresztą czas zaczęło budzić moje wątpliwości; pomyślałem, że można by to wyrazić lepiej, oględniej lub może nieco ostrzej (dziś już nie pamiętam, ale raczej oględniej). Dokonałem kilku poprawek, przepisałem na nowo i utknąłem niespodziewanie dla siebie samego w pisarstwie. Zacząłem studiować *Wzory pisania podań*, *Słownik terminów literackich* Sierotwińskiego oraz skromną, ale bardzo pożyteczną broszurę Kuzniecowa, Kożarinowa i Pietrienki *Jak przygotowywać referaty i pogadanki*. Zrozumiałem, iż nieprawdą jest, jakoby o jednej rzeczy można mówić na wiele sposobów, zrozumiałem, iż rzeczy jest tyle, ile jest sposobów mówienia o nich, zrozumiałem, iż pewne stany ducha członka Partii są po prostu niewyrażalne. Nauczyłem się czerpać satysfakcję z wielogodzinnego ślęczenia nad zestawieniem dwóch zdań i poznałem cały szereg innych sekretów fachu pisarskiego. Przywykłem do pisania podań. Piszę je wieczorami, nocą i w pochmurne popołudnia. Dziś pisarska pogoda, mawiam do siebie w takie dni i siadam za biurkiem.

Towarzysze! Aby uniknąć zawiłych wywodów, wyrażę się krótko. Wstąpiłem do Partii, ponieważ Partia była silna. Siła zaś polega między innymi na tym, iż lgną do niej słabeusze. Ludzie słabi, zagubieni w świecie, bezradni wobec panującego w nim ładu — należę do nich bez wątpienia — lgną do istot, żywiołów i organizacji, w których wyczuwają opiekuńczą moc. Towarzysze! Jeśli teraz postanawiam odejść, nie oznacza to, bym kwestionował opiekuńczą rolę Partii. Przeciwnie, nadal uważam, iż może sobie Ona pozwolić na obecność w swych szeregach nawet kogoś tak ślamazarnego jak ja. Odchodzę jednak, gdyż nie chcę dłużej być jej nawet nieznacznym ciężarem. Zstępuję z szali, choć wiem, że gdy to uczynię, szala ta nawet nie drgnie. (Podpis).

Dziesiątki razy próbowałem opisać siłę Partii, jej pociągającą mnie moc i wszechmoc, i ani razu nie udało mi się uniknąć fałszu, przesady, kiczowatych i niesprawiedliwych uogólnień. Ostrzegałem sam siebie przed stylistycznym rozpasaniem i natrętnymi metaforami. Zdawałem sobie sprawę, iż te z moich podań, które cechują się przesadną kwiecistością stylu, zestarzały się najbardziej, są nieaktualne i martwe. Na próżno. Partia pod moim piórem zamienia się zawsze we wszechobecny i paraliżujący żywioł, w topiel, z której nie sposób się wydobyć i która dociera wszędzie, staje się Molochem, Zagadką, Labiryntem i Lewiatanem. A przecież jest zupełnie inaczej. Na zebraniach towarzysze czują w kościach trud przepracowanych godzin. Pochyleni nad stołami, zarysowują kartki papieru obsesyjnymi motywami. Ich ręce są zmęczone, wydaje się, iż to długopisy pełne niespożytej energii wiodą je nieznacznymi ruchami z brzegu na brzeg. Gdy podczas przerwy w obradach wychodzą na korytarz, jeden z nich wyjmuje z kieszeni miniaturową katarynkę, którą przywiózł z Moskwy, otaczają go w skupieniu, on kręci maleńką korbką i z wnętrza ozdobionego gwiazdkami cacka płynie melodia *Międzynarodówki*. Z tej grupy mężczyzn pochylonych nad kruchym suwenirem nie promieniuje żadna siła, żaden wiatr zagłady czy podmuch historii, to raczej oni czują chłód na karkach, to raczej oni czują, jak lodowate światło włazi im pod marynarki, jak ich obmacuje, jak im rozwiewa fryzury i nadyma koszule. Zasłuchani w gasnące i mechaniczne dźwięki, nie słyszą regularnego łoskotu, jakim pulsuje prawdziwe, piaszczyste serce Partii.

Egzekutywo! Jeśli chodzi o mój światopogląd, zawsze miałem skłonności lewicowe. Nikita Chruszczow był jednym z bohaterów mojego dzieciństwa. Przebieg choroby towarzysza Bieruta znałem prawie na pamięć. Jako dziecko zbierałem widoki Kremla. Gromadziłem fotografie, pocztówki, rysunki i reprodukcje. Zdobywałem je rozmaitymi sposobami, najczęściej drogą wycinania z prasy radzieckiej i polskiej. Nie przesadzę, jeśli powiem, że z zamiłowaniem studiowałem architekturę siedziby centralnych władz KPZR. Nierzadko przenosiłem się tam myślami, błądziłem pustymi korytarzami, przez zamarznięte okna spoglądałem na plac Czerwony. (Podpis).

Zawsze zdarza się coś, co zatrzymuje mnie w połowie drogi. Zawsze pojawia się jakaś przeszkoda, która udaremnia mi dokonanie formalności. Spełnia się to z tak zdumiewającą nieuchronnością, iż z początkiem każdego tygodnia zadaję sobie pytanie, co też nastąpi tym razem, co tym razem pokrzyżuje moje plany, jaki fakt przyczyni się do dezaktualizacji niektórych sformułowań.

W ubiegłym tygodniu wydawało mi się, że jestem bliski ostatecznego rozwiązania. Świetlisty kształt definitywnych akapitów dojrzewał we mnie, byłem pewien, że lada dzień zdołam go utrwalić, postanowiłem, że tym razem nie będę zwlekał, jednego dnia napiszę i dokonam niezbędnych poprawek, następnego przepiszę na czysto i zaniosę wprost do Komitetu. Byłem pewien, że tym razem się powiedzie, środa, czwartek, powtarzałem sobie, środa, czwartek i będzie już po wszystkim, odczuwałem radosne podniecenie, świetlisty kształt końcowej argumentacji wzmagał się we mnie, płonął coraz wyraźniej, odcyfrowywałem już kształty pojedynczych słów, w poniedziałek odkurzyłem i wypastowałem biurko, we wtorek miałem zamiar naszykować papier i przybory do pisania, i właśnie wtedy, gdy w miarę zadowolony przypatrywałem się prostej kompozycji przedmiotów leżących na zielonym suknie, przez radio podano wiadomość o śmierci towarzysza Susłowa. Wysłuchałem tej wiadomości i ujrzałem całkiem wyraźnie, jak tekst od dłuższego czasu wzbierający we mnie, torujący sobie we mnie drogę, rozjaśnia się gwałtownym blaskiem, staje się na ułamek sekundy czytelny i zaraz potem ktoś przekłada go na niezrozumiałe hieroglify ognia, płonie, spala się, rozsypuje i gaśnie. Wysłuchałem wiadomości o śmierci towarzysza Susłowa i zrozumiałem, że w tym tygodniu nie napiszę podania ani nie oddam legitymacji. Z przeraźliwą jasnością zrozumiałem, iż z tej garstki popiołu, którą poruszają teraz wewnętrzne podmuchy, niczego już nie odcyfruję, w nic jej nie obrócę, co najwyżej użyźni mnie ona i kiedyś zaowocuje, ale to potrwa, potrwa masę czasu.

Oczywiście pomiędzy śmiercią towarzysza Susłowa a niezłożeniem podania nie było i nie ma żadnego związku. Powstrzymałem ostateczne kroki dlatego właśnie, aby związku takiego nie sugerować, nie oznaczać, nie tworzyć. Bo przecież gdybym oddał legitymację akurat wtedy, gdy towarzysz Susłow nierzeczywisty i żółty leżał w jednej z sal konferencyjnych Kremla, byłoby tak, jakbym usiłował się z nim zbratać, jakbym legitymacją partyjną zaznaczał swą obecność, jakbym stukając znacząco tą legitymacją, przerwał żałobne milczenie. Może nie wszyscy by to zauważyli, ale z pewnością kilku co wrażliwszych towarzyszy pojęłoby niestosowność sytuacji. Poza tym, gdy ja pełen najlepszych chęci i świętego zapału przez cały poniedziałek odkurzałem i pastowałem biurko, on już nie żył.

Czy Towarzysze zauważyli, że ilekroć ktoś z bratniego kierownictwa odchodzi do krainy spełnionej kolektywizacji, śmierć jego nie od razu zostaje ogłoszona? Sędziwi członkowie politbiura, żywi, wypielęgnowani, wymasowani przez kirgiskie masażystki, wykąpani w kaukaskich źródłach, suną ku martwemu towarzyszowi, który choć martwy, to przecież poza murami twierdzy żyje jeszcze, przez kilkanaście godzin jego śmierć nie opuszcza Kremla, dokonała wprawdzie swego dzieła, ale też jej los od żywych teraz zależy, dokonała swego dzieła, ale też tkwi na razie w syberyjskiej architekturze niczym w śmiertelnej, tak, tak, śmiertelnej pułapce.

Jej kilkunastogodzinny areszt to istne święto mocy, to tryumf władzy najpełniejszej, to realne przezwyciężenie tego, co zdawało się nie podlegać niczemu. Członkowie KC nie śpieszą się, śmierć zabrała jednego z nich, oni jednak jako kolektyw zyskali nad nią przewagę, droczą się z nią, osaczają, zwlekają, szepczą, jest na razie niegroźna, choć wszyscy dopływają do kresu, choć wszyscy od ładnych paru lat są z nią oswojeni, choć ich ciała lada moment zżółkną i zesztywnieją, nie nastąpi to przecież w ciągu najbliższych kilku godzin i dni, nie stanie się to równocześnie, do krainy spełnionej kolektywizacji wstępuje się kolejno w przyzwoitych, wyznaczonych rachunkiem prawdopodobieństwa odstępach czasowych, przez najbliższych kilka dni są bezpieczni, panują nad kostuchą, na razie trwa to niedługo, kilkanaście, kilkadziesiąt godzin czystej, boskiej władzy, na razie niedługo, ale być może kiedyś ulegną pokusie i gdy odejdzie jakiś wielki towarzysz, jakiś sekretarz faraonowego formatu, zatrzasną się na zawsze bramy i ona też zostanie podporządkowana, na wieki i poza wszelkimi wątpliwościami.

Towarzysze! Mój dziecinny entuzjazm i wiara były niczym w porównaniu z entuzjazmem i wiarą Starych Bolszewików. Oni miewali osobiste kontakty z wybitnymi działaczami, hartowali się w bezpośredniej walce z kontrrewolucją, krótkie urlopy spędzali na Krymie. Ja należę do innego pokolenia. Ileż to razy w gronie rówieśników rozmawialiśmy o posłannictwie naszych dziadów i ojców, którzy byli członkami PPR-u, PPS-u czy nawet zrehabilitowanej KPP. Zrozpaczeni podobieństwem naszych dusz i ciał, odwoływaliśmy się do tamtych przynależności, jakby w nadziei, że poróżni nas genetyka.

Gdy przed paru laty poszukiwałem zatrudnienia, we wszystkich instytucjach, które odwiedziłem, opowiadano mi o wytrawnych organizatorach, doświadczonych majstrach i porywających mówcach, którzy właśnie przeszli w stan spoczynku. Prowadzono mnie przez wyludnione sale, pokazywano nieczynne warsztaty i puste rzędy krzeseł. Jeszcze rok, jeszcze kilka miesięcy temu trwały tu gorączkowe dyskusje, huczały maszyny, przekraczano plany. Towarzyszący mi emerytowani strażnicy kurczowo ściskali moją dłoń. Dobrze, że jesteście, teraz właśnie młodych trzeba. Weźmiecie to wszystko w swoje ręce. Przyprowadzicie kolegów i od jutra ruszymy na nowo. Zobaczycie. Zrobimy rzeczy, które będą się jeszcze liczyć. Nigdy nie starczało mi odwagi, aby odmówić. Zgadzałem się na wszystko. Kiedy odchodziłem, na twarzach strażników pojawiał się grymas pogardliwej niepewności. Nawet ich spojrzenia były przenikliwsze od moich deklaracji ideowych.

Szukałem pociechy w literaturze. Przeczytałem sporo książek przedstawiających współczesne życie. Nigdzie jednak — a niektóre z tych książek były grubymi realistycznymi powieściami — nie spotkałem słowa „partia". Miałem wrażenie, że literatura nie używa tego słowa. Raz tylko w tygodniku literackim trafiłem na opowiadanie opisujące perturbacje zarobkowe młodego inteligenta. Gdzieś w samym środku, w najbardziej skrytym miejscu tekstu znajdowało się zdanie: „Wstąpił do Partii". Przedtem i potem była mowa o czym innym i sprawiało to wrażenie, że zdania sąsiadujące napierają na tę kłopotliwą informację, która jeszcze dryfuje resztkami sił, lecz wkrótce zniknie pod powierzchnią. Wszechwiedzący narrator mówił w tym miejscu z pośpiechem, niedbale i mimochodem. Nie przemilczał jednak tego wyznania. Choć jego braku nikt by oczywiście nie zauważył.

Towarzysze! Już w pierwszych dniach mojej przynależności organizacyjnej zrozumiałem, że nie podołam obowiązkom i posłannictwu, zrozumiałem, że pomimo najszczerszych chęci nie stanę się pełnowartościowym, aktywnym i — jeśli można tak powiedzieć — pełnokrwistym członkiem Partii. Zrozumiałem to, biorąc udział w pierwszej w mym życiu niedzieli czynu partyjnego.

Niewielka grupka towarzyszy z sąsiedniej placówki badawczej porządkowała dziewicze tereny wokół obserwatorium astronomicznego. Rano spóźniłem się na miejsce zbiórki i pojechałem do pracy nie z Wami, Towarzysze, lecz z bratnią POP. Towarzyszy tych znałem słabo, oni zaś nie wiedzieli, że należę do organizacji od kilku zaledwie dni. Sama moja obecność była jednak dla nich wystarczającą gwarancją i odnosili się do mnie jak do towarzysza starego i wypróbowanego. Szlachetna fizyczna praca, bezruch powietrza, pierwotna zieleń trawy oraz fakt, że jest wśród nas jeden z gospodarzy obserwatorium, a więc człowiek bezpośrednio obcujący ze sprawami zaświatowymi, wpłynął na wszystkich uniwersalizująco. Towarzysze starali się okazywać serdeczność, każdy z nich znajdował chwilę czasu, aby na osobności zadać astronomowi pytanie, co sądzi o książce *Dzieci wszechświata*, on zaś odpowiadał uprzejmie, ze swadą i swobodą ludzi, którym udało się poskromić jakiś ułamek rzeczywistości. Pobliskie miasto oddaliło się od nas, w jego poszarzałych odmętach spoczywał odnaleziony na klatce schodowej trup studenta polonistyki, śpiewano pieśni kościelne, łopaty pracujących wykonywały rytualne gesty, w dzielnicy przemysłowej poświęcano nowy kościół, mówiono o przepowiedni, według której koniec świata powinien nastąpić lada chwila.

Sprzeczności nie miały jednak apokaliptycznego charakteru, miejsce i nastrój sprawiały zresztą, iż znikały z pola wyczulonej świadomości najbardziej nawet doświadczonych towarzyszy. Zaczął padać ciepły deszcz, usiedliśmy na tarasie obserwatorium, rozgrzani pracą, pełni werwy i chęci do rozmów. Członkowie bratniej POP bez skrępowania mówili o sprawach wewnątrzpartyjnych, ufnie zwierzali się ze swych ideologicznych rozterek i organizacyjnych trudności. Zaskakiwała mnie ich szczerość, brak podejrzliwości, beztroska wobec sił zewnętrznych. Uświadomiłem sobie, że nie powinienem ich słuchać, że nie zasługuję na to, aby ich słuchać, zrozumiałem, że nie jestem i nigdy nie będę na tyle pogrążony w robocie i oddany sprawie, abym mógł docenić ich zaawansowaną świadomość i zbratać się z nią.

Towarzysz Śniwoda opowiadał o powodzeniu, z jakim udało mu się powstrzymać studencką demonstrację. W pierwszym odruchu wziąłem go za funkcjonariusza sił wewnętrznych. Zaraz jednak odegnałem tę myśl od siebie, postąpił przecież tak, jak powinien postąpić członek Partii, przyjął postawę aktywną, wykazał w danej sytuacji daleko idącą dojrzałość, to raczej ja, słuchając go, nie byłem w porządku, to ja stawałem się czymś w rodzaju tajniaka, który bezpiecznie i niepostrzeżenie wpełzł do szeregu. Oczywiście, działo się to niejako mimowolnie, bez złych intencji, należałem do Partii od kilku dni i było rzeczą naturalną, iż owych kilka dni nie zdołało przeważyć reszty mojego bezpartyjnego życia. Wtedy jednak, w ową duszną, majową niedzielę czynu partyjnego, zrozumiałem, iż co najwyżej będę członkiem Partii, nigdy zaś nie stanę się człowiekiem partyjnym. Zrozumiałem też wtedy, iż nawet jeśli kiedyś wystąpię z Partii i oddam legitymację, będę jedynie byłym członkiem Partii, nigdy zaś nie będę byłym komunistą.

Towarzysze! Nie ukrywam, iż pragnąłem, aby to piękne, miniaturowe wydawnictwo, jakim jest legitymacja partyjna, stało się dla mnie glejtem wiecznego bezpieczeństwa. Zdaję sobie oczywiście sprawę, że spomiędzy tych stroniczek tryskać powinno źródło wielkiego obowiązku i odpowiedzialności. Czy było jednak w tym, iż dla mnie źródło to stało się delikatnie pulsującym źródełkiem świętego spokoju, coś aż tak sprzecznego i niegodnego? Czy naprawdę w partyjnych szeregach kroczyć muszą wyłącznie natchnieni rewolucjoniści, czy istotnie nie ma tam miejsca dla takich jak ja — towarzyszy bez wyrazu? Czy nie świadczyłoby to o sile organizacji — fakt, że przygarnia niezdecydowanych, niepewnych, słabych?

W pierwszych dniach stanu wojennego postanowiłem oddać legitymację bez dołączonego podania. Miałem nadzieję, że w zmienionych warunkach i w natłoku spraw towarzysz Palimur, zajmujący się w Komitecie problematyką kadr, przyjmie moje ustne wyjaśnienia. Tyle wówczas słyszałem historii o płonących legitymacjach, o tonących legitymacjach, o skrzyniach i koszach pełnych legitymacji, o posadzkach pokrytych dywanami legitymacji, o fabrycznych sadzawkach zarastających bordową rzęsą legitymacji, że wydało mi się rzeczą bez znaczenia, jeśli i moja legitymacja trafi do powszechnej ławicy. Poza tym pisanie podań szło mi opornie, oszukując samego siebie, przepisywałem dawne wersje, po długotrwałym okresie pisarskiej pogody, po mglistych i sprzyjających koncentracji dniach zabłysło słońce, kilkunastostopniowy mróz, niewielki śnieg i nieoczekiwanie czyste powietrze zachęcały raczej do długich spacerów niż do ślęczenia nad pustą kartką. Mimo wszystko z pewnym wahaniem włożyłem legitymację do koperty, obracałem ją w palcach, zastanawiałem się, czy nie należy jej zachować choćby ze względów kolekcjonerskich, być może kiedyś — przemknęło mi przez głowę — książeczki te staną się bibliofilskimi rarytasami. Ubrałem się jednak, kopertę z legitymacją włożyłem do kieszeni, zabrałem też papier i długopis (jeśli trzeba by napisać krótkie oświadczenie) i ruszyłem do Komitetu. Postanowiłem iść piechotą przez Kopernika, lubiłem tę cichą ulicę szpitali i kościołów, sprzyjała rozmyślaniom, była przeważnie pusta, tak było i teraz, jedynie pielęgniarka niosąca probówki wypełnione krwią zbliżała się do mnie, szła szybkim krokiem, poły czarnej peleryny unosiły się wokół jej ramion, miałem wrażenie, że czuję zapach jej skóry, spod błękitnego chałatu, białych pończoch i ortopedycznych butów promieniowała intensywna cielesność charakterystyczna dla oswojonych z fizjologią przedstawicielek służby zdrowia, probówki dzwoniły cichutko, śpieszyła się, jakby w obawie, że trzej żołnierze, którzy pojawili się nagle w ciemniejącej perspektywie, idą jej śladem. Skręciła w stronę chirurgii, oni zaś równym krokiem szli w moim kierunku. Im byli bliżej, tym większej nabierałem pewności, że jest to pierwszy dzień ich służby, zimowe mundury nie były jeszcze oswojone z ich ciałami, stukali obcasami, jakby chcąc okiełznać nowe obuwie, czynili to jednak z przyjemnością, pomiędzy nimi a ich mundurami widać było wzajemną skłonność, dobrze się czuli w tych pachnących składnicami rzeczach, z rynsztunku również — jeśli tak można powiedzieć — filowała satysfakcja przydatności, był to wszakże sprzęt odłożony na czarną godzinę, wszystko mogło na wieczne czasy pozostać w magazynach, ulec zmarnowaniu, osobliwej demoralizacji szerzącej się zawsze wśród przedmiotów odłożonych na historyczną okazję, parę dni temu godzina wykorzystania ukrytego oręża wybiła jednak i teraz pomiędzy ludźmi, ich mundurami i bronią zachodził uroczysty związek zgody.

Zasalutowali i poprosili o okazanie dokumentów. Dalej myśląc o zapachu pielęgniarki, sięgnąłem do kieszeni i pojąłem, że mam przy sobie jedynie partyjną legitymację. Sprawdziłem jeszcze drugą kieszeń, uśmiechałem się cały czas głupawym uśmiechem człowieka Wschodu i zrezygnowany, ale też przekonany, że to, co jest wewnątrz, jest wiarygodniejsze od dowodu osobistego czy książeczki wojskowej, podałem im kopertę. Jeden z nich, zapewne najstarszy rangą, wyłuskał ze środka legitymację. Oglądał ją, nie zdejmując zielonych rękawic. Oglądał ją tak, jakby widział ten dokument pierwszy raz w życiu. Być może tak właśnie było, sam zapewne nie należał do Partii, a jego należący do organizacji krewni czy znajomi z pewnością nie pokazywali mu swych legitymacji, nie nosili przy sobie, nie wyjmowali przy byle okazji. Oglądał ją w milczeniu i z ciekawością, ja zaś przeżywałem wielki kryzys wiary w jej moc i znaczenie. Miałem wprawdzie zamiar ją oddać, chciałem się jej pozbyć, ale przecież czyniłem to nie dlatego, bym zwątpił w jej siłę, czyniłem to, Towarzysze, dlatego, iż wzbierające we mnie przeświadczenie o własnej ślamazarności, niezdecydowaniu, partyjnej nieprzydatności dojrzało wreszcie. To nie ja oddawałem legitymację, to ona odsuwała się ode mnie, odnosząc ją do Komitetu, służyłem jej jedynie czymś w rodzaju zwykłej ludzkiej pomocy, postępowałem tak, jak wobec przerastającego go symbolu powinien postąpić porządny człowiek.

Teraz jednak, gdy dowódca patrolu odczytywał moje imię i nazwisko, gdy przypatrywał się mojej maturalnej fotografii, uświadomiłem sobie, że jest tam po prostu za mało danych, że nie ma ani adresu, ani zameldowania, że jeśli nie liczyć pieczątki macierzystej POP, nie ma tam nawet miejsca pracy; czyżby miało to znaczyć — myślałem z trwogą — że moja legitymacja partyjna zawodzi w swej ostatniej próbie? Czyżby miała mnie — gdy potrzebuję jej jedyny raz w ciągu jej pięcioletniego posiadania — nie osłonić? Czyżby można na jej podstawie zakwestionować moją osobę? Ale dowódca włożył ją do koperty, oddał mi bez słowa i wszyscy trzej zasalutowali. Odniosłem wrażenie, że nie jest to regulaminowy gest pożegnania, ale uroczysty salut oddany mojej legitymacji, która za kilka minut powróci do mrocznego padołu organizacji. Wydawało mi się, że żołnierze pojęli moje zamiary, ale wewnętrzne skrępowanie, silniejsze od regulaminu i służbowych nakazów, każe pozostawić mnie własnemu losowi. Szli w górę ulicy, w kierunku mostu kolejowego, nie oglądali się ani nie nachylali ku sobie, wyglądało na to, że milczą.

Towarzysza zajmującego się sprawami kadr niestety nie było. Na korytarzach panowała cisza, a sztuczne światła stwarzały złudzenie panujących na zewnątrz ciemności. Szukam towarzysza Palimura, zaczepiłem wspinającą się po schodach kobietę o anatomii zdeformowanej przez doktrynę. Towarzysz Palimur będzie o siedemnastej, dobrze jednak, towarzyszu, że jesteście, zostaniecie na naradzie, po naradzie towarzysz Palimur przyjmie was w pierwszej kolejności, powiedziała spokojnie, patrzyła na mnie ze znaną mi od pamiętnej niedzieli czynu partyjnego organizacyjną ufnością, nie zauważała moich rozterek, w przeciwieństwie do żołnierzy nie odgadywała moich zamiarów, wieloletnie przemierzanie schodów w Komitecie wyprało ją z resztek intuicji. Nie odpowiedziałem jej ani słowem, wyszedłem z pokrytego niezniszczalnym tynkiem budynku i wypatrując w płytkim śniegu śladów patrolu, który mnie legitymował, ruszyłem ku domowi.

Towarzysze! Mam wrażenie, że dzieło, które nieopatrznie rozpocząłem, przerosło mnie. Widocznie nie zostałem do niego stworzony. Obawiam się, że nigdy nie uda mi się skończyć, wyplątać ze sprzeczności, nigdy nie napiszę ostatniego zdania, nie oddam legitymacji, nie wystąpię z Partii. Nie oznacza to jednak, że rezygnuję. Posegregowałem notatki, rękopisy, które do tej pory przechowywałem razem, umieściłem w osobnych teczkach. Pracuję mniej intensywnie niż dawniej, ale z większą systematycznością. Rzadziej, ale mimo wszystko co pewien czas, zapisuję nowe pomysły. Przerywam pracę tylko wtedy, gdy wiem, od czego mam zacząć następnego dnia. Nie oddam legitymacji. Nie wystąpię z Partii. Któregoś dnia zapełnię jednak papier konieczną liczbą argumentów, powiem wszystko bez zbytecznych metafor, będzie to jasne i przekonywające, o tyle wyraźniejsze od bełkotu kotłującego się we mnie, iż sam uwierzę w to bez namysłu.

Epoka handlu wymiennego

Początek epoki handlu wymiennego zastał Aleksandra Lełlicha w jednym z czterech łóżek znajdujących się w wynajmowanym przez niego pokoju. Ulegając złudzeniu rzekomo osiągniętej wolności, sypiał kolejno we wszystkich. Działo się to podczas chorobliwie upalnej wiosny. Lełlich porzucił dotychczasowe miejsce pracy i wyjechał do miasta uniwersyteckiego K. Postanowił spędzić tu jakiś czas, zebrać myśli i zmienić swe pozbawione wyrazu życie. Nie zdejmując szarego garnituru, wylegiwał się w pościeli. Na zewnątrz, w powolnej i prawie niezauważalnej eksplozji, unosiła się ku górze architektura K. Słychać było wielokrotny jazgot młotów pneumatycznych, skrzyp dźwigów i oddechy utrudzonych robotników. Nie wiedział, co począć; w jego głowie dryfowały chaotyczne wspomnienia, bezbarwne krajobrazy i pozbawione przydawek sentencje.

Nozdrza wypełniał zapach cegły i wysychających murów. Nasłuchiwał kroków gospodyni. Przystawała pod drzwiami. Czuł na sobie jej mętny, dochodzący jakby zza warstwy tłuszczu wzrok. Gdy rozległ się komunikat obwieszczający zmianę stanu rzeczy, patrzył na przyklejoną do ściany fotografię gołej tancerki. Wstał i zbliżył się do szafy. Wisiały tam nigdy nie noszone żakiety. Sinusoidalne szlaki wątku i osnowy pierzchały pod naporem palców niczym ciała niebieskie. Trafił na monetę dziesięciozłotową. Wyrzucił ją przez okno. Runęła pomiędzy rośliny, piasek, glinę, aż na głębokość wykopalisk. Śpieszył się. Słyszał szept gospodyni. Widział szalone zwierzątko świętego oburzenia przyczajone w jej krtani. Architektura za oknem powściągała burzliwe intencje, jakby wracając do archaicznych, pogrążonych w ziemi form. Na murach rozlepiano spisy wymienialnych towarów. Robotnicy z kubłami kleju i ciężkimi jak ołów zwojami papieru szykowali się do pracy. Wychodzili na pachnące smołą dziedzińce drukarń, gasili papierosy i wskakiwali na rowery.

Z szuflady wydobył światełka na choinkę; ukrył je pod marynarką, owijając sobie ramiona i piersi. Odnalazł też nienaruszone przez rdzę stalówki, sześć ołówków atramentowych, dwie świece i kryształowy kałamarz. Kruszejąca porcelana i tężejące szkło współzawodniczyły ze sobą. Na korkociągu tlił się smak domowych win, ołówki i pióra zachęcały do kronikarskiego trudu. Zajrzał pod łóżko. W skamieniałym żywiole kurzu leżały czarne męskie buty i biała gumowa piłka. Oba przedmioty sprawiały wrażenie całości. Poza tym szmer, popiół i rozsypujące się substancje. Rzeczy zabrane z szafy owinął w papier. Położył na stole kilka banknotów i ruszył ku sercu miasta.

Najlżejszy powiew nie zakłócał równowagi. Rozrzucone na asfalcie zapałki, którymi spóźnieni świętokradcy zapalali banknoty, płonęły nadal, jakby zaznaczając terytoria podziemnych pokładów. Kilka kroków przed nim biegła owinięta w brudne futro szalona multiinstrumentalistka. Zawodziła poranną pieśń i krążyła wokół sennego mężczyzny, uruchamiającego motocykl. Plakaty i pouczenia tłumiły odgłos kroków. Lellich wyobraził sobie miasto tonące w stosach maszynopisów. Głosy przechodniów brzmieć będą ciszej i wyraźniej, jak pierwszego dnia zimy po wielkich opadach wilgotnego śniegu. Motor zapalał i gasł. Zielona, wydęta jak żagiel płachta okrywała rzeczy zgromadzone w przyczepie. Popchaj pan — szepnął mężczyzna cichym głosem filmoznawcy. Lellich oparł się o plandekę. Kształty pod szorstką i wilgotną warstwą, choć doskonałe, niczego mu nie przypominały; czuł jedynie ich masowy opór. Koła obracały się coraz szybciej. Motocyklista próbował zapalić. Po kilkudziesięciu sekundach ciało Lełlicha przestało się z nim liczyć, nogi dotrzymywały kroku galwanicznymi eksplozjami, a coraz krótszy płomień oddechu parzył krtań. Kiedy wreszcie motor zapalił, byli daleko poza obszarem spichrzy i magazynów.

Lełlich, spoglądając w ślad za odjeżdżającym motocyklem, z trudem wyrównywał paniczny rytm krwi. Dom stojący naprzeciw sprawiał wrażenie secesyjnego masztowca, który lada moment odbije od brzegu. Wypełniało go ciepłe powietrze, gwar rozmów i brzęk szkła. Na jednym z balkonów pojawiła się kobieta w białej sukience. Przeszła tam i z powrotem, ćwicząc spazmatyczny krok milionerki. Ktoś stojący w tłumie wybuchnął lawiną szypiaszczych przekleństw. Wzdłuż oświetlonej ślimacznicy schodów dwaj tragarze nieśli olbrzymiego konia na biegunach. Kołysząc się, przybywał z zapadłych wysokości niczym bóstwo zapomnianej wiary. Tragarze mieli na sobie kremowe kombinezony, które cudem podtrzymywały ich galaretowate ciała. Z kominów płynęły ku górze kłęby jasnego dymu. Lełlich nie był pewien, czy jest to dom człowieka, który uprzedzony o szykujących się zmianach, w ciągu niecałej doby pomnożył fortunę, czy też siedziba kluczowej instytucji. Poczuł zapach zagadkowych substancji. Ruszył dalej, ale zapach nie ustępował, był coraz wyrazistszy i łączył się z muzyką. Stanął u wylotu ulicy prowadzącej na rynek. Ujrzał czerwone podium i ludzi rozpalających ognisko pod skarbonką z trwałego szkła. Zapach unoszący się w powietrzu był zapachem nadchodzącej eksplozji. Uniósł głowę. Kosmonauci i piloci obcych mocarstw rozsypywali nad chmurami pojemniki i paczki. Delikatny popiół, w jaki się obracały, nie docierał nawet do ziemi. Stojący pod restauracją z zapartym tchem obserwowali przestworza. Kucharze wynosili na zewnątrz parujące kotły. Minął ich i wszedł do środka.

Był zmęczony i głodny. Kilkugodzinne rozmyślania w łóżku przerastały jego siły. Drżały mu ręce. Miał wrażenie, że lada moment przypadkowa kolekcja, którą przyciskał do piersi, rozsypie się pod stopami siedzących wokół mistrzów nowej sztuki życia. Przez ich ruchliwe i wypielęgnowane ręce przewinąć się już musiały sprężyny rzadkich mechanizmów, próbki minerałów, których eksploatacji dawno zaniechano, komplety fotografii z początku stulecia, lakrymatoria, sztućce i lornetki. Z niepokojem i wstydem oczekiwał chwili, w której będzie musiał wydobyć na światło dzienne swój pochodzący z niepewnego źródła majątek.

Przed natchnioną babką klozetową piętrzyła się sterta drobiazgów. Krużgankami wyłożonymi czerwonym suknem biegli kelnerzy. Pijane kobiety zanosiły się śmiechem. Na wysokim balkonie orkiestra nie przerywała melodii. Lełlich rozglądał się w poszukiwaniu swojego miejsca na ziemi. Niewielka przestrzeń za tanecznym podium sprawiała wrażenie cichej i bezpiecznej kryjówki. Przyszło mu do głowy, że mógłby tam zamieszkać; urządziłby sobie ciepłe i wygodne posłanie, żywił się przynoszonymi z kuchni porcjami i wsłuchiwał w usypiający rytm dancingu. Iluzjoniści szykowaliby w jego obecności rekwizyty, striptizerki zmieniałyby kostiumy, a bezmiar czasu pozwalałby porządkować i zmieniać pozbawione wyrazu życie.

Ruszył w kierunku szerokich, marmurowych schodów. Na podeście dogasała fontanna. Jej naturalne światło pochłaniał blask wielopiętrowych żyrandoli. Zanurzył rękę w ciepłej jak powietrze wodzie. Pomiędzy leżącymi na samym dnie monetami spoczywały już drobne przedmioty: mechaniczny ołówek, buteleczka perfum, spinka do koszuli i okulary słoneczne. Wydobył pudełko ze stalówkami. Wsypał je do wody, one zaś jak ławica żarłocznych piranii runęły w dół i przepadły w morzu szczegółów.

Na brudny, szklany dach sypały się resztki powietrznych przesyłek. Ich nieokreślone kształty tworzyły wzór zadziwiająco symetrycznej mozaiki. Dotarł na najwyższe piętro. Widział teraz z bliska pogrążonych w narkotycznym transie muzyków. Ich pijane ręce i coraz płytsze oddechy dopływały do kresu rzeczywistości. Puste i zakurzone butelki po piwie przetaczały się pod krzesłami niczym zużyte turbiny hałaśliwego napędu. Rozprzestrzenione ciało, biała koszula i długie, siwe włosy akordeonisty budziły największy respekt. Lełlich, nie namyślając się wiele, podał mu korkociąg i szepnął do ucha tytuł. Duch drzemiący w otyłym ciele tego mężczyzny nie był jednak skory do podejmowania oczywistych decyzji. Takich rzeczy nie gramy, powiedział, żadnych narodowych pieśni. Uniósł rękę. Muzycy przestali grać. Dla pana magistra, pokazał na Lełlicha, „Dulcyneo!"

Przestrzeń za ich plecami przypominała zapomnianą salę gimnastyczną. Pokryta kurzem podłoga pełna była śladów po przed chwilą wyniesionych sprzętach. Z wysokości, przez wąskie, brudne okna, Lełlich ujrzał rynek, czerwoną tratwę podium żeglującą przez morze odkrytych głów, strażników w pomarańczowych kamizelkach ustawiających drewniane ławki. Pomiędzy straganami krążyły Egipcjanki w białych sukniach, Żydzi zawodzili monotonne wersety licytacji, papugi w szaleńczo niesymetrycznych klatkach zrywały się do lotu. Pośpiesznie zawrócił, powtarzając w sobie rytm doznań. Melodię, światło fontanny i marzenie o dozgonnym legowisku. Kelnerzy rozwijali z głębi sali gumowy szlauch i nieśli wazy pełne bigosu. Na ławkach dopiero co ustawionych przed restauracją nie było już miejsca. Usiadł na rozgrzanym betonie. Choć wiedział, że uległ złudzeniu, rozglądał się bezwiednie, jakby szukał śladów biblijnego targowiska.

Nieruchomi i widmowi działacze stojący na podium przypominali fotografie z lat pięćdziesiątych. Jasne prochowce, które mieli na sobie, były ostatnimi egzemplarzami ginącego gatunku. Wydobyte z szaf wraz z nastaniem nowego ładu, świadczyły, iż ich właściciele są wyznawcami niezachwianych idei. Nieoczekiwanie ułożony aforyzm wypełnił jego świadomość. Obywatele, którym świąteczne ubranie starcza na pół życia, są wyznawcami niezachwianych idei, powtarzał szeptem. Przypomniał sobie spinkę spoczywającą na dnie fontanny. Ona także była wymownym dowodem, iż demoniczni zetempowcy z mankietami o podwójnych dziurkach znów pojawili się w mieście. Być może jej właściciel stał teraz na podium i podtrzymując rozchylający się rękaw, żałował pochopnego gestu. Głos odczytujący komunikaty wypełniał architekturę, biegł wszystkimi przewodami, dochodził ze wszystkich głośników. Lełlich, oparty o ciepły mur, słuchał i zasypiał. Siedzący w pobliżu trzej mężczyźni jedli suszone ryby, był to ich własny prowiant, po który sięgali do tekturowego pudła. Wydawało mu się, że rozmawiają w jakimś obcym narzeczu, które rozumie dzięki zdumiewającej iluminacji. Studiowali starą niemiecką mapę i opowiadali o nieprzespanych nocach, rudowłosych kobietach i obfitych zdobyczach.

Nastąpił przedwczesny wybuch, płonące banknoty i rozgrzane do białości monety wzbiły się w powietrze, żeglując na spotkanie popiołu spadającego z nieba. Głos wymieniający nazwiska odznaczonych prekursorów niknął w powszechnej wrzawie. Manna poczerniałych złotówek układała się nad miastem jak welon. Przed nagle rozbudzonym Lełlichem kelner postawił talerz bigosu. Był jego rówieśnikiem, ale sprawiał wrażenie człowieka dojrzałego. Stał w postawie pełnej uszanowania i oczekiwał zapłaty. Lełlich rozwiązał sznurek i powoli rozchylił papier. Nie wiedział, na co się zdecydować. Tamten nie okazywał zniecierpliwienia. Cechujący go spokój dowodził, iż skończył walkę z samym sobą, poczynił ustalenia i plany, odrzucił precz nierealne marzenia i ambicje.

Osiągnął ład wewnętrzny i dzień dzisiejszy był dla niego kolejnym dniem niezmąconej harmonii. Nie obchodziły go podniebne wzloty i upadki. Lełlich zrozumiał, iż ma do czynienia z człowiekiem o uporządkowanych myślach, i z tym większą obawą podał mu filiżankę. On uniósł ją ku światłu, jakby poszukując w zamąconej strukturze rzadkich znaków wodnych. Nie dostrzegł jednak nic wiarygodnego i przecząco pokręcił głową. Zrezygnowany i upokorzony Lełlich wydobył kałamarz. Śniedź nie naruszyła jego powierzchni; ani wodniste atramenty, ani stężone tusze nie gościły jeszcze w jego spiralnym labiryncie. Kelner nie wiedział, jak postąpić. Zajrzał do spisu wymienialnych towarów, ale na razie nie uwzględniono tam całej masy przedmiotów. Kryształowy kałamarz świecił niczym miniatura katedry. Nieoczekiwanie zainteresowali się nim właściciele pudła suszonych ryb. Ocierając usta i wypluwając ości, dobili targu z taką zręcznością, iż Lełlich nie zauważył nawet, co ofiarowali w zamian. Gdy ochłonął, kelnera już nie było, a jego nowi towarzysze, nasyceni fosforycznym mięsem ryb, palili papierosy i raz jeszcze nawiązywali do poprzednich opowieści. Ogarnięty dziecięcą wdzięcznością, udawał, że wierzy w najbardziej fantastyczne perypetie. Oni zaś nie szczędzili dramatycznych szczegółów. Przybyli do K., aby zdobyć choć jedną z hermetycznie zalutowanych kapsuł przyszłości. Z zadziwiającą pewnością wyliczali przedmioty, które tam umieszczano, wnikliwie i ze znajomością danych technicznych przedstawiali proces ich windowania i mocowania na szczytach wież kościelnych. Opowiadali o „miastach pogrążających się w pustynnym pyle", o „darach składanych w ofiarze późnym archeologom", o „oraczach trafiających lemieszami pługów w wierzchołki dzwonnic". Imali się w życiu rozmaitych zajęć i widać było, że nieobce są im też umiejętności wszechwiedzących narratorów.

Na dachach kamienic otaczających rynek ustawiono punktowe reflektory; ich światła, regulowane przez operatorów, przenikały ciemniejące powietrze, ślizgały się po głowach i osiadały na murach. Prekursorzy w białych płaszczach wchodzili do autobusu; odjeżdżali do sal bankietowych na inauguracyjny bal. Na podium w sieci świateł kilkuletni chłopcy grali w piłkę. Słychać było łopot płótna, którym dekorowano miasto. Lełlich ruszył razem z łowcami kapsuł. Miał zamiar skręcić w jedną z najbliższych przecznic. Zanim jednak uporał się z sobą, zanim ułożył sobie słowa pożegnania, dotarli do celu. Białe mury wyrastały nagle z trawy i sprawiało to wrażenie, jakby kościół pogrążony był po pas w ziemi. W górze świeciła bezprzedmiotowym blaskiem biaława urna. Najzręczniejszy celnym rzutem zaczepił linę. Rozebrał się, natarł skórę gęstym jak galareta olejem i przewiesiwszy przez ramię torbę z narzędziami, rozpoczął wspinaczkę. Przy jednym z okien zatrzymał się na chwilę i opierając bosą stopę na murze, zajrzał do środka. Stały tam drewniane figury apostołów, ale przez grube mury ich ludzki zapach nie wydobywał się na zewnątrz. Lełlich z niepokojem spoglądał na chybotliwe sznury. Drżały niczym struny niebywałego instrumentu. Renesansowe pudło kościoła milczało jednak jak zaklęte i dopiero po dłuższej chwili rozległy się miarowe uderzenia młotka. Srebrna gondola rozpoczęła powolne lądowanie. Obniżała się coraz bardziej, aż spoczęła wreszcie w uniesionych ramionach. Słychać było stukot znajdujących się wewnątrz eksponatów. Lełlich odczytał wygra-

werowaną na powierzchni datę: grudzień 1951. Nie
miał pojęcia, jakie przedmioty przeznaczono wówczas na ofiarę archeologii, i przychodziły mu do
głowy wręcz symboliczne stereotypy: miniaturowe popiersie Stalina, roboczy kombinezon, powieść
produkcyjna, papierosy „Grunwald" i pokryta wapnem kielnia. Nagle rozległy się kroki patrolu. Łow-
cy pierzchnęli we wszystkich kierunkach. Lełlich
biegł przed siebie. Biegł inaczej niż z sennym mo-
tocyklistą, wtedy był mimowolną częścią wehikułu,
nie wiadomo gdzie pędzącego, teraz instynktownie
odnajdywał najdogodniejsze przejścia i skróty, omi-
jał oświetlone zaułki, zmierzał ku peryferiom, pewien, iż tam ujdzie wszelkim pogoniom. Zatrzymał
się w wysokiej sieni. Na szerokie rozlewiska dworca w K. wjeżdżał wyładowany po brzegi pociąg to-
warowy. Przez nieruchome powietrze płynął jego
rozległy łoskot. Światło przypadkowego reflektora
przesunęło się wzdłuż muru, drewnianych schodów i krzewów bzu rosnących po drugiej stronie
domu. Aleksander Lełlich stał oparty o ścianę pa-
rującą całodziennym ciepłem, zapachem jedzenia
i ptasich odchodów. Czuł, jak jego spiętrzony oddech wyrównuje się, jak uzgadnia swój rytm z rytmem ziemi. Stał nieruchomy, dobrze dopasowany
do powierzchni planety, czuł, że jest jej niewielką,
lecz osobną częścią, chłonął coraz wyraźniejsze odgłosy, przez wysoką i sklepioną bramę przypatrywał
się ciemności coraz mniej jednakowej. W pustych

przestworzach dokonano już wszystkich transakcji i nic więcej nie mogło się zdarzyć.

Postanowił zawrócić. Na trawnikach wznosiły się szkielety ogromnych orłów owinięte czerwonym płótnem. Sztandary i transparenty oczekiwały porannych rozruchów powietrza. Miasto pachniało krochmalem. Gaszono światła i udawano się na spoczynek. Czuwali jedynie kolekcjonerzy, nadzorcy panoptików, pokątni czciciele *silva rerum*. Zatroskani burzliwymi losami swych zbiorów, obojętni na społeczne awanse, starannie pieczętowali i ukrywali swoje okazy. Przyśpieszył kroku. Wyobrażał sobie uspokojone jego powrotem ciało gospodyni, mglisty, przebijający przez zatłuszczoną rogówkę wzrok. Starał się odgadnąć każde jej słowo, każdy szczegół pokoju z czterema łóżkami. Była to gra, którą prowadził z sobą w chwilach wielkiej niepewności. Wiedział, że im surowszy narzuci rygor wyobraźni, tym dotkliwszą może ponieść porażkę. Nie był jednak w stanie zrezygnować. Wśród rozkopanej ziemi i wysokiej trawy ginęły poprzednie zapachy. Wydawało mu się, że zastanie ją składającą prześcieradła. Słyszał jej uspokajające słowa. Jak jest, tak jest, ale przynajmniej porządek jaki taki jest, mówiła, składając prześcieradła. Im jednak był bliżej, tym większej nabierał pewności, że świat znów nie układa się po jego myśli. Naprzeciw domu olbrzymi orzeł szykował się do walki, łopocąc skrzydłami transparentów. Za oknami tliły się krzewy rachitycznej jasności, trwała krzątanina, pod drzwiami słychać było gwar gości.

W jego pokoju mieszkały cztery robotnice. Pierwsza miała na sobie sztruksową sukienkę, druga ażurową bluzkę, trzecia brązowy szlafrok, czwarta nocną koszulę. Rozpakowywały swoje rzeczy, usuwały ślady jego obecności i zachowywały się z powściągliwą uprzejmością. Lełlich pytał o gospodynię, ale udzielały wymijających odpowiedzi. Zaprosiły go do stołu i poczęstowały herbatą. Zaczęli rozmawiać o tym, co może się jeszcze zdarzyć, o rozwoju kserografii i rzemiosł imitujących, o morderczym trudzie klasyfikatorów układających tabele wymienialnych towarów. Opowiadały o okolicznościach, w jakich zastał je początek epoki. Pierwsza była w domu towarowym. Przez głośnik rozległy się słowa zwiastujące przemianę. Ci, którzy odeszli od kas, unosząc w ręku kwit z pieczęcią, otrzymywali towar, ci, którzy nie zdążyli zapłacić, byli odprawiani z niczym. Hieratyczne ekspedientki nie zwracały nawet uwagi na długopisy, klucze, zegarki, okulary, aktówki czy kolekcje skasowanych biletów tramwajowych. Towary prawdziwie wartościowe spoczywały jeszcze wtedy w lamusach i przypadkowych składnicach. Ona na kilka chwil przed ogłoszeniem komunikatu kupiła suszarkę do włosów. Jej fryzura dotknięta oddechem tego urządzenia budziła w Lełlichu świętokradcze pożądanie. Druga wsiadała do taksówki. Przez szmer silnika usłyszała niewyraźnie brzmiącą wiadomość. Taksówkarz śmiał się i jak szalony kręcił gałką radia, ale komunikatu na razie nie powtarzano. Nie wierzył. Ona nie wierzyła także. Niewiara i niepewność połączyły ich i uczyniły niewiarygodnym wszystko, co widzieli przez okno samochodu. Miasto, zanurzone w żółtej chmurze przedwczesnego upału, sprawiało na nich wrażenie gigantycznego falsyfikatu. Zapłaciła czterdzieści osiem złotych. Taksówkarz przyjął należność bez cienia wątpliwości. Leżała w łóżku okryta po szyję kołdrą. Opowiadała szybko i niechętnie. Gdy skończyła, obróciła się ku ścianie. Trzecia wracała do domu. Przypadkowi przechodnie, widząc ogólne poruszenie, pytali ją, co się stało. Nie umiała odpowiedzieć. Wreszcie gdy ona zadała komuś to pytanie, objaśniono jej wszystko. Szykowała herbatę i przyrządzała poczęstunek. Nakryła stół obrusem i przepraszała za nieporządek. Czwarta niczego nie zauważyła. Była sama w domu i opatrzność nie przyszła jej z pomocą. Widelec nie stoczył się ze stołu, nie pękła szyba, nie zatrzymał się zegarek. Dowiedziała się o wszystkim na samym końcu. Jakby chcąc okupić mimowolne outsiderstwo, zadawała wiele pytań. Gdy przyszła kolej na Lełlicha, opowiedział o wędrówce przez miasto, o eksplodującej skarbonce i spotkaniu z trzema przemytnikami. Położył na stole przedmioty, które mu jeszcze zostały: ołówki, świecę i filiżankę; wetknął do kontaktu końcówkę światełek. Żaróweczki zapłonęły nieoczekiwanie żarłocznym blaskiem. Czuł ciepło płynące ze spowijającego go wieńca elektryczności. Iskry lejdejskie, drobne spięcia, niegroźne wyładowania przenikały jego skórę i uspokajały skołatane serce. Lełlich tym razem zasypiał na dobre. Robotnice miały w sobie podniecającą bezpośredniość, poruszały się i rozmawiały, jakby nie zważając na różnicę płci. Z trudem uświadamiał sobie, iż z pewnością jest od nich o parę lat starszy. Pierwsza była salową, druga była pedikiurzystką, trzecia była pomywaczką, czwarta pracowała w pralni chemicznej. Ponad ich głowami patrzył na fotografię gołej tancerki. Zwielokrotniona, bogatsza o cztery różne zapachy, zatrzymywała się przed nim w źle wyuczonych piruetach. Szeptał jej do ucha słowa prowincjonalnej pieśni nad pieśniami. Lampa windy wznosiła się i opadała. W mieście i na otaczających je wzgórzach ponownie zapalono światła. Niewidoczni z trybun piłkarze walczyli o każdy metr terenu. Naprzeciw domu olbrzymi orzeł szykował się do walki, łopocząc skrzydłami transparentów. Lełlich był pewien, iż znajdują się w jego niespokojnych trzewiach. Prowizoryczny szkielet drżał i osłaniał ich ciała. Na niewidocznych liniach horyzontu rozstępowała się ciemność. W poświacie szeroko otwartych okien siwowłosy mężczyzna doczepiał do samochodu rozległą drewnianą łódź.

Powietrze pachniało detergentami, jaśminowym dezodorantem i resztkami jedzenia.

Gdy zbudził się rano, robotnic już nie było. Powąchał swe ręce, które nadal pachniały jej skórą. Na stole leżała sztruksowa sukienka. Nie wiedział, co począć. Z tyłu za podwórzem i garażami rozciągały się wysokie, azjatyckie trawy. Zszedł na dół i pozostawiając za sobą ciemniejący szlak ścieżki, ruszył ku wyrastającej z ziemi planecie miasta. Od czasu do czasu unosił do twarzy ręce, aby przypomnieć sobie jej zapach, ale ogarniały go coraz większe wątpliwości. Z obu stron biegły podmokłe równiny, ptaki wodne podrywały się do lotu, na obszarach wielkich robót stały ciężarówki, dźwigi i baraki. Schodził ze wzgórza. Pomyślał, że miasto widziane z góry przypomina wnętrze starego alianckiego spadochronu. Ktoś wysoko uwieszony i niewidoczny w ciepłym niebie ląduje na tym spadochronie; zmierza ku swym macierzystym gruntom, które kto wie, czym się okażą.

1979

Azjatyckie trawy

Gdy byłem młodym poetą, prześladowało mnie wyrażenie „azjatyckie trawy". Najpierw nieświadomie, potem zaś — gdy nabrałem pewności, że zawiera ono wielkie bogactwo znaczeń — z całą świadomością rzemiosła umieszczałem je w każdym wierszu. Muszę dodać, że otaczającej rzeczywistości nie piętnowało się wówczas wprost, lecz jedynie za pomocą aluzji. Literatura piękna obywała się w tych zamierzchłych czasach jeszcze bez takich nazw własnych, jak „Brygidki", „Lefortowo", „Zamarstynów" czy „Suchanowka"; w powieściach i nowelach skróty typu NKWD, MSW czy PZPR pojawiały się sporadycznie, wyrażeń zaś w rodzaju „klawisz", „kipisz", „towarzysz" używano jedynie w ściśle określonych kontekstach.

W moim przekonaniu metaforyczny obraz azjatyckich traw był gorzki i przejmujący. Opiewałem w swych wierszach kraj, który z wolna zarastał azjatycką trawą, czyli ulegał coraz dotkliwszym wpływom sąsiedniego mocarstwa. Kiedy pisałem o „kochankach pogrążonych w azjatyckiej trawie", miało to znaczyć, iż z jednej strony piętnuję trudności mieszkaniowe, które sprawiają, że młodzi ludzie nie mają gdzie się podziać ze swoją miłością, z drugiej zaś strony dostrzegam inwazję barbarzyńskiej obyczajowości, która brutalizuje stosunki między zakochanymi. Kiedy pisałem o „drogach, na których wschodzą pierwsze źdźbła azjatyckiej trawy", była to zarówno aluzja do komunikacji miejskiej, jak i do rozpadających się pod wpływem trudności aprowizacyjnych więzi międzyludzkich. Kiedy pisałem o „uniwersytetach zagubionych w gąszczu azjatyckich koniczyn", miałem na myśli i zamazane okna sal wykładowych, i ekspansję przedmiotów takich jak nauki polityczne, ekonomia polityczna i przysposobienie obronne. Im bardziej oswajałem się z tą metaforą, im częściej jej używałem, tym większej nabierałem pewności, że wrażliwy czytelnik dostrzeże w niej wszystko: cienkie ściany nowego budownictwa, spierzchniętą skórę spracowanych kobiet, kłęby zapierającej dech w piersiach pary buchającej z punktów zbiorowego żywienia i pożółkłe, wypełniające witryny sklepów papierniczych portrety przywódców ruchu robotniczego.

Ktoś może powiedzieć, że myliłem się, że po prostu przeceniałem wymowę tego obrazu; ja zaś, choć oczywiście zawstydzony jego skłonnością do uproszczeń, przyznam mu rację, pomyślę zarazem w głębi duszy, iż przeciwnie, ani jej nie rozumiałem, ani nie doceniałem.

Gdybym uczynił wówczas choć jeden krok dalej, gdybym nie poprzestał na spontanicznych notatkach, gdybym próbował choć spisać błąkające mi się wtedy po głowie myśli o charakterze programowym, być może mógłbym dziś z czystym sumieniem powiedzieć: byłem pierwszy. Byłem prekursorem tego wszystkiego, co teraz się dzieje w ojczystej literaturze. Ekspresjonistyczne powieści o personalnych rozgrywkach w Komitecie Centralnym, beznamiętne nowele opisujące drastyczne epizody przesłuchań i amorficzne (spełniające w ten ironiczny sposób klasyczny postulat jedności treści i formy) poematy opiewające pozbawione perspektyw życie szarych ludzi — wszystko to ma źródła w moich „azjatyckich trawach". Niestety, szansę tę zaprzepaściłem. Jest to tym boleśniejsze, że byłem już wtedy twórcą świadomym. Od dziecka pisywałem wiersze antyobszarnicze i antykapitalistyczne. Twórczość moja miała już za sobą etapy: stalinowski, nadrealistyczny oraz klasycyzujący. Doświadczenie szło w parze ze znajomością rzemiosła. *Alchemię słowa* znałem prawie na pamięć i dobrze wiedziałem, co znaczy praca nad tekstem. Najczęściej wprawdzie pisałem w stanie silnego natchnienia, ale potrafiłem także godzinami siedzieć przy biurku i szlifować frazę.

W ogólnym bilansie czegoś mi jednak zabrakło. Odwagi? Uporu? Znajomości historii literatury? Dziejów ruchu? Pism klasyków? Dziś nie ma to już żadnego znaczenia. Wszystkie moje ówczesne pomysły podzieliły los rzeczy nie napisanych i obróciły się w nicość. Pamiętam jedynie ogólne zarysy mojej ówczesnej — jeśli można się tak wyrazić — duchowej sytuacji.

Gdy tylko zorientowałem się, iż podsuwany mi nieustannie przez ducha czasu obraz azjatyckich traw ma we wszystkich wariantach wymowę pesymistyczną, postanowiłem świadomie pesymizm ten potęgować. Zamierzałem w ten sposób pójść tropami wielkich romantyków i w całej pełni wykorzystać zasadę kontrastu. Postanowiłem pisać wiersze gloryfikujące, ale od wewnątrz zaprawione destrukcją. Postanowiłem pisać panegiryki, ale podszyte niezauważalnym, choć przejmującym szyderstwem. Postanowiłem pisać wiersze okolicznościowe, ale nasycone — dostrzegalnymi jedynie dla wprawnego oka — katastroficznymi napomknieniami.

I cóż się dzieje? Ledwo postanowienie takie podejmuję, ledwo kilka pierwszych eklog nafaszerowanych tragizmem rzucam na papier, ledwo z fazy zachwytu nowym pomysłem wchodzę w fazę krytycyzmu, świat z zadziwiającą symetrią i nie pierwszy zresztą raz układa się po mojej myśli. Oto pierwszy sekretarz KW, Józef K., wystosowuje apel, aby w związku ze zbliżającym się świętem Odrodzenia pisarze chwycili za pióra i ogłosili utwory okolicznościowe, które mogłyby być wykorzystane na lipcowych wieczornicach i uroczystych ogniskach, aby swą twórczością uczynili rocznicę Manifestu świętem najgłębszych obywatelskich uczuć i wzruszeń.

Nie zdziwiło mnie to. Świat często układał się po mojej myśli. Z czasem nawet oswoiłem się z faktem, iż dzięki takim czy innym predyspozycjom wyprzedzam rzeczywistość o jakieś pół kroku. Całą młodość zewsząd odbierałem sygnały, iż jestem człowiekiem bożym i powinienem odrzucić precz myślenie. Ileż to razy zdarzało mi się, że błądząc pozornie bez celu ulicami miasta, rozmyślałem o jakimś brakującym mi podmiocie lirycznym, o — dajmy na to — demonicznej staruszce o gruźlastym czole albo rudowłosej piękności, a tu patrzę: o parę kroków przede mną demoniczna staruszka, nie zważając na patrole, piętnuje politykę ekonomiczną lub rudowłosa piękność śle powłóczyste spojrzenia i ramiączko znacząco luzuje. Ileż to razy, ledwo poemat nasycony metaforyką geologiczną skończyłem i w stanie zgody ze światem, jaką przynoszą jedynie pierwsze chwile po skończonym pisaniu, po gazetę sięgam — a tu patrzę: już na pierwszej stronie Rybnicki Okręg Węglowy dyskretnym garmondem Turniej Poetycki o Złotą Lampkę Górniczą ogłasza. Toteż i teraz nie zdziwiłem się.

Tak. To było coś dla mnie: napisać wiersz rocznicowy, uroczysty, upamiętniający lipcową prehistorię, ale przemycić w nim gorycz i poczucie zawodu. Dziś wszyscy wiedzą, że na apel pierwszego sekretarza ᴋᴡ, Józefa K., odpowiedzieli wówczas rozmaici znani pisarze (ci zaś, którzy nie wiedzą albo zapomnieli, mogą to sprawdzić w rocznikach starych gazet), nikt natomiast nie wie — ściślej mówiąc, mało kto wie — iż ja także chwyciłem wówczas za pióro i w ciągu tygodnia napisałem trzy liryki. Pozornie były to utwory o charakterze sielankowym. Starałem się operować nastrojami i obrazami powszechnie dostępnymi, takimi jak poczucie dobrze spełnionego obowiązku, zadowolenie spowodowane terminowym ukończeniem robót, czyste, wyostrzające kontury powietrze letniego zmierzchu itd., itd. Oczywiście w każdym z tych wierszy umieściłem obraz azjatyckich traw, przy czym uczyniłem to w sposób wyjątkowo przemyślany. Lokalizacja obrazu sprawiać miała wrażenie, że idzie tu o zwyczajny ornament, o przysłowiową watę słowną.

Tymczasem krył się pod tą watą istny ładunek wybuchowy, i to całkiem sporego — śmiem twierdzić — kalibru. Czytelnika ogarnęło nagle pozornie niczym nie uzasadnione poczucie lęku i goryczy. Podnosił znad wiersza głowę i świat wydawał mu się inny. Pierzchał gdzieś nastrój beztroskiej zabawy, a jego miejsce zajmowała melancholia i świadomość beznadziejności. Dzieje kraju ojczystego,

które jeszcze przed chwilą były pasmem społeczno-
-gospodarczych tryumfów, okazywały się nagle
serią klęsk i niepowodzeń. Zamiast napawać się
całkowitą likwidacją analfabetyzmu, czytelnik mojego wiersza zaczynał boleć nad nowym kształtem
powojennych granic. Zamiast rozpamiętywać nie-
zaprzeczalne osiągnięcia przemysłu i heroiczną bu-
dowę Huty im. Lenina, łkał nad zaprzepaszczeniem
zdobyczy Października i rozwiązaniem tygodni-
ka „Po prostu". Miejsce wielkich budów zajmowały
w głowie wielkie uliczne demonstracje i rzecz stawała się nie do zniesienia.

Z najwyższym trudem hamując wzburzenie,
wypalając dziesiątki papierosów i raz po raz wycho-
dząc na balkon, przepisałem moje trzy liryki i naza-
jutrz osobiście zaniosłem do komitetu. Zostawiłem
je w sekretariacie wydziału kultury. Sekretarka, która mnie przyjęła, była nad wyraz ładna. Jej postawne
ciało — jak by powiedział pewien rosyjski proza-
ik — aż domagało się pohańbienia. Wzięła ode mnie
wiersze w sposób tak naturalny, jakby doskonale
znała całą moją twórczość. Każdy jej oddech, każdy
gest wyrażał perfekcyjną znajomość moich tekstów.
Całą siłą woli powstrzymałem się, aby nie sięgnąć
do torby i nie obdarzyć jej kilkunastoma innymi
tekstami, które zawsze i na wszelki wypadek nosi-
łem przy sobie. Krańcowe napięcie musiało znie-
kształcić moje rysy, ale to akurat przeszkadzało mi
najmniej. Znałem swoją twarz i wiedziałem, że w ta-

kich chwilach przypomina oblicze pewnego zblazowanego klasyka. Zaproponowała wypicie herbaty. Odmówiłem. Na pożegnanie podała mi rękę. Uścisnąłem ją znacząco i wyszedłem. Ledwo dobiegłem do domu, natychmiast siadłem za biurkiem i napisałem cykl erotyków. W każdym z nich pojawiała się sekretarka, żeglująca w organizacyjnym stroju nad krajobrazem moich rodzinnych stron. Była to aluzja do obrazu Marca Chagalla zatytułowanego *Akt nad Witebskiem*, przy czym w wierszu moim zawarłem gorzką myśl, iż postacie muz, w dawnych liberalnych czasach gołe i niezależne, teraz na skutek ogólnego zglajchszaltowania przywdziewają organizacyjne uniformy. Szczególną satysfakcję sprawiał mi efekt drobny, ale nadający całości metafizyczno-szyderczy smaczek. Choć sekretarka unosiła się w przestrzeni obrócona brzuchem w dół, jej czerwony krawat przez cały czas ściśle przylegał do białej, wykrochmalonej bluzki. Czerwony krawat przezwyciężający siłę ciążenia, podtrzymywany nieziemskimi prawami w regulaminowej pozycji! Oto było jedno z tych rzadkich, subtelnych, a zarazem miażdżących w swej wymowie rozwiązań, do których dążyłem nieustannie. Podczas pisania podnosiłem co chwila prawą dłoń ku nozdrzom. W jej zakamarkach czułem wciąż zapach pulchnych, również „domagających się pohańbienia" paluszków.

Następne tygodnie upłynęły mi na oczekiwaniu. Każdego dnia spodziewałem się wiadomości i prawie w ogóle nie wychodziłem z domu. Każdej nocy śniło mi się, iż nie mogę znaleźć wyjścia z ogromnej restauracji.

Teraz, kiedy myślę o tym wszystkim, przychodzą mi do głowy zupełnie nowe warianty wydarzeń. Mogłem choćby na własną rękę pojechać do jednej z miejscowości, w których odbywały się uroczyste wieczornice, mogłem udać zbłąkanego turystę, a jeśli świat znów ułożyłby się po mojej myśli — dlaczego nie? — mogłoby się zdarzyć nawet i tak, że nieproszony, w chwili nagłej ciszy, wyjąłbym znienacka parę tekstów i odczytał cichym, lecz przejmującym głosem. Żałuję, że tak nie postąpiłem, ale też jeśli miałbym się w tym miejscu zdobyć na szczerość absolutną, na szczerość równą szczerości — powiedzmy — Jana Jakuba Rousseau, muszę przyznać, iż żal mój jest żalem fałszywym. W wigilię 22 Lipca moje oczekiwanie przybrało największe rozmiary. Nie tylko przez cały ten dzień nie opuszczałem domu, ale nawet na krok nie odstępowałem od okna. Myśl o samowolnym wyjeździe nawet nie przemknęła przez moją opartą o mętną szybę głowę.

Byłem pewien, że lada moment pojawi się pod domem kawalkada jadących na wieczornicę czajek, słyszałem kroki biegnącego po schodach sekretarza dzielnicy, słyszałem jego przeprosiny, darujcie, że nie zdążyliśmy was uprzedzić, ale, wiecie, nawał pracy, administracja nie nadąża, zresztą i wy, widzę, przy robocie, towarzysz sekretarz mówił, że jak nie inaczej, to chociaż po drodze zabierzemy naszego autora. Przewidziałem każde słowo tego monologu. Przestawiłem biurko tak, by było je widać z przedpokoju. Widok zawalonego stosami papierów i książek warsztatu pracy powinien mu nasunąć zdanie: „Zresztą i wy, widzę, przy robocie". Miałem też naszykowaną w lodówce butelkę wódki i po jego słowach: „chociaż po drodze zabierzemy naszego autora", zamierzałem bez słowa otworzyć lodówkę, wyjąć butelkę i napełnić dwie szklanki. (Jedną wydobyłbym spod sterty manuskryptów). Dalej — ciągle w absolutnym milczeniu — miałem zamiar trącić się z nim, stosując brutalne, lecz precyzyjne uderzenie, i wypić duszkiem. Miałem nadzieję, iż sugestywność mojego sposobu bycia w połączeniu z jego ślepym — charakterystycznym dla działaczy średniego szczebla — posłuszeństwem skłoni go do współudziału w gestykulacji. Na koniec wziąłbym robaczka w ramiona i starym zwyczajem radzieckich dostojników pocałował w usta. Wódka, upał, pocałunek i moje całkowite milczenie powinny go nieco speszyć, stan ten na ogół zwiększa wrażliwość na bodźce zewnętrzne, na parę chwil stałby się chłopina dobrym obserwatorem, kolejne moje czynności utrwalałyby się na dobre w jego wymiecionej do czysta głowie. Wodziłby za mną nieco wylęknionym spojrzeniem, ja zaś, nie śpiesząc się, zgasiłbym lampę, włożyłbym grubą samodziałową marynarkę, już w przedpokoju, jakby sobie o czymś przypomniawszy, wróciłbym do gabinetu, ponownie zapaliłbym lampę i pomrukując z dezaprobatą, jąłbym grzebać wśród maszynopisów. Z najwyższym obrzydzeniem miałem wybrać kilka tekstów i niedbale je zmiąwszy, włożyć do kieszeni. Upał, mruknąłbym wreszcie na schodach, i to pierwsze od wielu minut słowo powinno w nim uruchomić istną lawinę, powinien się nagle ośmielić i znów zacząć mówić, byłem pewien, że będzie o czymś mówił nieustannie, na schodach i jeszcze na dole, gdy wzdłuż szeregu czajek (w którymś z okien mignie mi kwiecista suknia sekretarki) pójdziemy w kierunku czoła kawalkady. Sądziłem, że chcąc mi wynagrodzić popełnioną niezręczność, posadzą mnie w pierwszym aucie, tam zresztą miałem się zamiar ożywić. Planowałem, że przez całą drogę będę mówił wiersze Wandurskiego, Standego i własne, a następnie każę pierwszemu sekretarzowi KW, Józefowi K., jego żonie, a nawet kierowcy, odgadywać autorów. Od czasu do czasu odwracałbym się dyskretnie, by rzucić okiem do jadącego za nami auta. Gwałtowne ruchy siedzącego tam sekretarza dzielnicy świadczyłyby, iż wciąż opowiada o mnie, o moim ciemnym gabinecie, lampie zapalonej w biały dzień, stosach notatek i szklanicy pełnej wódy. Od rana musiał już ze cztery takie kropnąć, słyszałem jego słowa.

Dalszy ciąg wyobrażałem sobie tylko w ogólnych zarysach. Niektóre sceny jawiły mi się z całą wyrazistością, inne zaś nie pojawiały się wcale. Byłem na przykład pewien, że gdy wszystko się skończy, któryś z samochodów odwiezie mnie i sekretarkę pod sam dom. Ignorując jej plebejski opór, zabiorę ją na górę i tu, rozpalony odniesionym sukcesem, przepitymi bruderszaftami i skokami przez ognisko (skakałem jako drugi, zaraz za sekretarzem KW, Józefem K.), będę ją poddawał takim pohańbieniom, o jakich się biedulce nawet nie śniło.

Stałem przy oknie i czekałem. W miarę upływu czasu coraz częściej zaczynałem chodzić do toalety. Nabierałem pewności, że mnie, człowiekowi bożemu, wyprzedzającemu rzeczywistość o jakieś pół kroku, ale też urodzonemu pechowcowi, zdarzy się to na pewno: kawalkada zajedzie akurat wtedy, gdy będę w toalecie. Przedłużałem do maksimum imitowanie czynności fizjologicznych (zwyczajne siedzenie w wc byłoby drażnieniem losu), kiedy zaś z klatki schodowej czy też z ulicy dolatywał jakikolwiek dźwięk, natychmiast biegłem do okna. Koło południa, nie rezygnując z oczekiwania na kawalkadę czajek, zacząłem także zwracać uwagę na autobusy i mikrobusy. Przyszło mi do głowy, że być może organizatorzy postanowili inaczej rozwiązać problem dowozu twórców. W końcu autobus zabierający po kolei wszystkich, a następnie przejeżdżający przez miejscowości, w których miały się odbywać wieczornice, był rozwiązaniem i prostszym, i zapewne znacznie bardziej ekonomicznym. Pomyślałem sobie nawet, że z mojego punktu widzenia jest rzeczą pożyteczniejszą i ciekawszą jechać razem ze starszymi kolegami po piórze. Moja rozgorączkowana wyobraźnia natychmiast podsunęła mi wnętrze autobusu wypełnione klasykami literatury zaangażowanej. Wariant ten nie wymagał nawet rezygnacji z obecności sekretarki, mogła ona pełnić rolę siedzącej obok kierowcy autobusu pilotki-przewodniczki. Miałem zresztą pewność, że właśnie moją postać skromnego debiutanta będzie najczęściej omiatać jej pałające spojrzenie. Było to przeświadczenie niczym nie uzasadnione — jakaż charyzma mogła promieniować z mojego powojennego życiorysu, zwłaszcza w porównaniu z życiorysami siedzących obok bojowników ruchu oporu i budowniczych nowego ładu — lecz niezwykle wyraziste.

Zamknąłem oczy i pogrążyłem się w refleksjach nad skomplikowanymi zagadnieniami następstwa pokoleń literackich. Nagle poczułem, jak włos jeży mi się na głowie i zimny pot występuje na moje obmierzłe, słabnące ciało. Uświadomiłem sobie w okamgnieniu, że jeśli istotnie nastąpi to, co ma nastąpić, jeśli rzeczywiście autobus wypełniony klasykami literatury zaangażowanej lada chwila zatrzyma się pod moim domem, to nie po to, by mnie zawieźć na miejsce chwały i tryumfu, ale co najwyżej na miejsce hańby, sromoty, poniżenia. Uświadomiłem sobie, że nie znam ani jednej powieści, ani jednego opowiadania, ani jednego wiersza moich starszych kolegów po piórze. Nie czytałem ani jednej linijki Władysława M. czy Tadeusza H., nie pamiętałem ani jednego tytułu Mieczysława M. czy Jana Bolesława O. Jakże więc odpowiem na jakiekolwiek pytanie? W jaki sposób złożę dowody swej skromności i inteligencji? Jak odegram rolę następcy i wiernego ucznia? Nie byłem aż tak naiwny, by przypuszczać, że klasycy literatury zaangażowanej nie wymagają od swych rozmówców ścisłej znajomości ich utworów. Należało się nawet spodziewać, iż czynią to skrupulatniej niż pisarze burżuazyjni. W końcu racje dziejowe upoważniały ich do tego.

Błyskawicznie rozebrałem się do kąpielówek i przystąpiłem do gorączkowego przeszukiwania mojego księgozbioru. Mniej więcej od dwóch lat, tj. od czasów, gdy dowiedziałem się z *Alchemii słowa*, iż Władysławowi Reymontowi czytanie przeszkadzało w pisaniu (żona zabierała mu lektury i zapędzała do pióra), nie zajrzałem do żadnej książki. Mam więc pełne prawo — mówiłem sam do siebie — nie pamiętać, gdzie co leży. Na samo wspomnienie tej błazenady skręcam się z zażenowania. Z jak rozpasanym bezwstydem okłamywałem samego siebie! Doskonale wiedziałem, że nie tylko nie czytałem, ale że także nie posiadam żadnej książki Władysława M., Tadeusza H. czy Jana Bolesława O.

Przez dwa lata nie zapomniałem składu mojej biblioteki i nadal aż nadto dobrze pamiętałem, gdzie co leży. Przeszukiwałem stosy zakurzonych tomów po to jedynie, by zabić czas, by zagłuszyć w sobie coraz straszliwszy niepokój, że nic się już nie zdarzy, że z jednego z tysiąca powodów nikt po mnie nie przyjedzie. Oczywiście gdzieś na dnie serca tlił się także lęk wywołany nieznajomością dzieł starszych kolegów, ale była to — prawdę mówiąc — zaledwie iskierka lęku; jeśli czegoś pragnąłem, to właśnie tego, aby owa iskierka przeistoczyła się w rzeczywistą obawę, aby naprawdę zapłonęło w mym sercu gorączkowe ognisko strachu, tak, tego właśnie pragnąłem, aby lęk spowodowany nieznajomością utworów Władysława M. i pozostałych pasażerów autobusu stał się moim prawdziwym lękiem. Byłem gotów do walki z tym właśnie lękiem, byłem ciekaw, czy zdołam się z nim uporać, czy w razie czego uda mi się wywinąć za pomocą ogólników lub skierować rozmowę na palestyńskie wiersze Broniewskiego. Z masochistyczną skłonnością, którą miał mi wynagrodzić warkot motoru pod oknami, zaglądałem do każdej książki, a gdy skończyłem, ogarnęła mnie furia.

Bezduszni biurokraci! — ryczałem. — Intelektualne miernoty! Paseiści! — ryczałem zwierzęcym, niepodobnym do własnego głosem. — Gardzę tobą, czerwony krasnalu! — krzyczałem nieludzko i wyobrażałem sobie stojącego pod drzwiami sekretarza dzielnicy, który nasłuchuje i, speszony, nie wie, co począć. Na myśl o jego domniemanym wahaniu moja furia wzrosła i chyba rzeczywiście zatraciłem się w sobie. Zbliżyłem się do drzwi i nie przebierając w słowach, wygarnąłem mu wszystko. Z najgłębszych pokładów rozdygotanego jestestwa wydobywałem całą prawdę mojej nieszczęsnej ojczyzny. Mówiłem o likwidacji PSL-u i hańbie socrealizmu, o zdjęciu *Dziadów* i roku 1968, o internowaniu Prymasa Wyszyńskiego i fingowanych procesach. Mówiłem o pogromie kieleckim, o Poznaniu i o Gdańsku. Bieruta, Gomułkę i Cyrankiewicza nazywałem zdrajcami narodu. Podawałem przykłady poronionych inwestycji i wskazywałem absurdy w polityce kulturalnej. Przeklinałem go i błagałem, by się opamiętał. A coście zrobili z referendum w 1946? — wyszeptałem na końcu pobielałymi wargami i padłem na kolana. Potem położyłem się na podłodze, resztkami sił ściągnąłem na siebie z wieszaka zimowy płaszcz i usnąłem.

Po przebudzeniu, gdy pojąłem, gdzie i w jakim stanie się znajduję, uznałem to za głupawy figiel losu. Nie znosiłem książek, których bohaterowie zmęczeni ekstatycznymi monologami zasypiali, gdzie popadnie. Przysiągłem sobie, że jeśli kiedykolwiek od poezji przejdę do prozy, to nigdy żaden z mych bohaterów nie zwali się w garniturze na tapczan, nie uśnie przy stole, nie legnie wyczerpany na ziemi. Tymczasem zastawałem siebie samego w takich właśnie okolicznościach i ten najwyraźniej świadomie przez ducha czasu ukartowany paradoks w gruncie rzeczy mnie rozczulił. Otwarłem okno. Był już wieczór i słychać było huk stygnącego miasta. Wdychałem ciemne powietrze i wydawało mi się, że jakimś cudem dociera do mnie zapach rozpalonych na obrzeżach ognisk. Wytężyłem słuch i usłyszałem harcerskie murmurando, delikatny brzęk gitary, strofy recytowane młodzieńczym głosem:

> *Siebie daj ojczyźnie — kowadło i młot*
> *o ziarno woła ziemia i żona*
> *lalek i słońca dziecko żąda*
> *Rozwarł się wsi i miast przeklęty kojec*
> *dziś ma być jutrem a niziny ponad*
> *kto człowieka rozplenił w poglądach?*

Pomyślałem, że jeśli dalej chłonąłbym tak wyczulonymi zmysłami rzeczywistość, usłyszałbym zapewne moje własne wiersze odczytywane przy którymś z ognisk, ale pomyślałem o tym bez goryczy, bez żalu, że nie jestem tam wśród młodych przyjaciół, z pełnym wewnętrznej harmonii spokojem, przez tych kilka godzin gorączkowego oczekiwania, nadziei, wzburzenia, zwątpienia i snu stałem się innym człowiekiem, dojrzałem, a nawet w pewnym sensie zestarzałem się, minęło pół dnia, a mnie się zdawało, że minęły miesiące czy nawet lata, dziwiłem się sobie samemu sprzed paru godzin, nie mieściło mi się w głowie, iż mogłem dopuścić do tak krańcowego rozbestwienia świadomości, teraz spoglądałem na wszystko chłodnym okiem postronnego obserwatora, czułem wzrastającą sprawność władz poznawczych, czułem, że wszystkie moje gesty nabierają wreszcie wytęsknionej celności, czułem, jak subtelnieją moje zmysły, wyostrza się wzrok, słuch i węch, jak przenika całą duszę błogie poczucie nieomylności, skończoności tych wszystkich dzieł, które były jeszcze przede mną, zrozumiałem, że teraz właśnie, gdy stoję nad stygnącym miastem, słyszę oddech jego mieszkańców, widzę ich wszystkich, jak z wolna szykują się do spoczynku, pomyślałem, że teraz właśnie, gdy czuję zapach gasnących ognisk i widzę leżące w wilgotnej trawie chorągwie, transparenty, czerwone krawaty, styropianowe litery ekstatycznych napisów i ogromne, wymodelowane w masie papierowej głowy Waryńskiego, Kunickiego i Marchlewskiego, zrozumiałem, że teraz właśnie z ust moich wypłynąć powinien gorzki i wszechogarniający monolog. Raz jeszcze pomyślałem o sobie samym, kiedy nagi, pokryty kurzem klasycznych wydań klęczałem w przedpokoju i nagle w jednym błysku, na sekundę rozświetlającym mroki mózgu, jaki dać może tylko prawdziwe natchnienie, zrozumiałem, że tak właśnie wyglądać musi bohater współczesnego poematu, nowy Maldoror, ziejący goryczą, odziany w kąpielówki i proch wiekuistej mądrości, nienawidzący i pełen lęku, przeklinający i bijący czołem przed widmem sekretarza partii. Czymże innym jak nie *Pieśnią Nowego Maldorora* — Maldorora Układu Warszawskiego — był mój gorzki monolog sprzed paru godzin? Poczułem rozchodzącą się po całym ciele pewność posłannictwa, wiedziałem, że tym razem pod każdym względem trafiłem w sedno, rzecz, na którą wpadłem, nie miała odpowiedników; zapaliłem papierosa i na zimno uświadamiałem sobie rozmaite szczegóły mojego zachowania, było to wzruszające i zapierające dech w piersiach, tamten ja z przedpołudnia, oczekujący, krążący pomiędzy oknem a toaletą, przestawiający biurko, przeszukujący książki, słyszący wyimaginowane dialogi i monologi, nie był już mną, był postacią literacką, mogłem z nim zrobić, co dusza zapragnie, ta władza upajała mnie, paliłem papierosa i czułem, jak ogarnia mnie wielkie odprężenie i wielka radość. Jeśli zasłużyłem na odpoczynek, zasłużyłem i na arcydzieło, rzekłem do siebie sentencjonalnie i jeszcze — by rano nie tracić czasu — naszykowałem na biurku ryzę papieru, i wyciągnąłem się na wersalce, dopiero teraz czując, że poprzedni sen nie przyniósł ulgi mojemu ciału. Zasnąłem.

Śniło mi się, że nie mogę znaleźć wyjścia z ogromnej restauracji. Kiedy otworzyłem oczy, kiedy się obudziłem, natychmiast zrozumiałem, że poniosłem klęskę. Przez chwilę próbowałem trwać w nadziei, że nadal jestem wszechmocnym, wypełnionym frazami i metaforami potencjalnym autorem

Nowego Maldorora, ale świat tym razem nie układał się po mojej myśli. Byłem kimś zupełnie innym. W mojej opustoszałej głowie błąkały się jedynie fragmenty snu o ogromnej restauracji, snu, który śnił mi się tak często, iż nie byłem zeń już w stanie wycisnąć nawet rachitycznej tercyny, nawet marniutkiego dystychu. Leżałem nieruchomo i dobrze wiedząc, jak jałowe jest to zajęcie, próbowałem odnaleźć w sobie choć ślad wczorajszych emocji i zapałów.

Nie napisałem *Pieśni Nowego Maldorora* ani tego ranka, ani następnego, ani któregokolwiek z kolejnych. Nie napisałem jej do dziś. Być może napisał ją ktoś inny. Wiele najrozmaitszych rzeczy uległo przez ten czas zmianie. Literatura ojczysta odrzuciła precz aluzje i kompromisy. Ekspresjonistyczne powieści o personalnych rozgrywkach w Komitecie Centralnym, beznamiętne nowele opisujące drastyczne epizody przesłuchań i amorficzne (spełniające w ten ironiczny sposób klasyczny postulat jedności treści i formy) poematy opiewające pozbawione perspektyw życie szarych ludzi stały się chlebem powszednim. Zapewne lada chwila — wierzę w to młodzieńczą, jakby z tamtych czasów pochodzącą wiarą — pojawią się arcydzieła: jeśli istotnie znajdzie się wśród nich *Pieśń Maldorora*, nie będzie to dla mnie pociechą, lecz jeszcze jednym bolesnym uświadomieniem zmarnowanej szansy.

Na dobrą sprawę jedyną nauką, którą z tego zdarzenia wyniosłem, jest zasada (znałem ją oczywiście wcześniej, lecz nie zawsze przestrzegałem), by nie rozstawać się z piórem. Być może byłbym autorem *Pieśni Nowego Maldorora*, gdybym zamiast naiwnie czekać na sekretarza dzielnicy, pisał. Trzeba było natychmiast uświadomić sobie literackość własnej sytuacji i pisać, przelewać na papier swój święty szał, nie zaś pozwalać mu uchodzić w przestworza. Któż wie, kiedy znów i czy w ogóle zechce się powtórzyć.

Niekiedy z sarkastyczną goryczą myślę o moich trzech lirykach, zapewne nadal spoczywających w zakamarkach komitetu. Niekiedy też powracają wizje wieczornic. Powracają w dodatku w formie tak intensywnej, iż jest rzeczą niemożliwą, by nie miały odpowiedników w rzeczywistości. Znów widzę zamyślone, oświetlone blaskiem ogniska twarze, znów słyszę cicho, nieumiejętnie, bez znajomości interpunkcji odczytywane moje wiersze, za każdym razem powtarza się niespodziewany efekt, kiedy to w zupełnej ciszy, przerywanej jedynie ciężkim oddechem miasta, rozlegają się drewniane głosy aktywistów, upojeni sielankową maskaradą słuchacze ulegają nastrojowi, pozwalają się nieść marzeniom, gdy zaś pojawia się apokaliptyczny motyw azjatyckich traw, przenika ich dreszcz lęku. Obrazy te są tak plastyczne i dotkliwie realne, iż nie mam wątpliwości: nawiedzają mnie błąkające się we wszechświecie sceny z przeszłości. Bez względu na porę ubieram się wówczas i w nadziei, iż przypadkowo spotkam sekretarkę wydziału kultury, biegnę pod komitet. Tak. Biegnę pod komitet w nadziei, iż napotkam tam sekretarkę wydziału kultury. Powtarzam to zdanie z całym rozmysłem, ponieważ dowodzi ono, że teraz w każdej chwili stać mnie na przywołanie do porządku mojej skłonnej do zamętu świadomości. Tym razem bez trudu nakłaniam siebie samego do bezwzględnej, epickiej szczerości i wyznaję, iż o ile o lirykach pozostawionych w komitecie myślę tylko od czasu do czasu, o tyle o niej nader często. Prawie codziennie rozpamiętuję szczegóły jej reakcji, wyrażającej pełną znajomość mojej twórczości, a może i życiorysu. Była jedyną osobą, przy której poczułem się jak człowiek spełniony, jak pisarz znany, ceniony i czytany. Nie chciałbym zostać opacznie zrozumiany, ale w pewnym sensie chwila ta była moim największym sukcesem pisarskim. Kilka minut spędzonych w jej obecności pozwoliło mi poznać upojne samopoczucie klasyka i za żadną cenę nie pozwoliłbym, aby tych kilka minut przekreślić. Dlatego też ewentualności, iż mógłbym udać się wprost do niej, zupełnie nie biorę pod uwagę. Nie mogę pojawić się w komitecie w innym wcieleniu. Krążę w pobliżu i liczę na przypadkowe spotkanie. Niektóre wychodzące stamtąd kobiety są do niej łudząco podobne, niektórym nawet kłaniam się w pierwszym odruchu. Żadna jednak na mój ukłon nie odpowiada. Być może zmieniła pracę lub stała się nierozpoznawalna. Być może obcując z nią wyłącznie jako z podmiotem lirycznym moich wierszy, straciłem umiar i zanadto oderwałem się od pierwowzoru. Kobiety z moich liryków nie są podobne do pracownic komitetu. Pozostaje wyobraźnia, ale moje obecne przypadkowe i drobne wizje nie mają w sobie siły dawnych uniesień. Niekiedy widzę ją na przykład w ramionach intelektualisty partyjnego, wysokiego mężczyzny w granatowym garniturze. Jej spojrzenie jest martwe i niczego nie wyraża. Domyślam się, że od wielu lat nie przeczytała żadnej mojej rzeczy. Natężam wzrok, przebijam mury, prześwietlam zakamarki budowli w poszukiwaniu moich manuskryptów. Daremnie przegrzebuję biurka i szafy, przeglądam roczniki „Nowych Dróg" i stosy uchwał. Nie ma ich nigdzie. Sekretarka wydziału kultury oddala się, ja zaś czuję odpływ sił i nie jestem w stanie jej pomóc. (Myśl, iż mógłbym pobiec do domu, siąść za biurkiem i starać się to wszystko zapisać, nawet nie przychodzi mi do głowy). Nabieram pewności, że nie tylko ona, że także moje wiersze zostały mi odebrane przez intelektualistów partyjnych, wysokich mężczyzn w granatowych garniturach. Ach, więc to tak, mruczę do siebie i sztucznym uśmiechem staram się pokryć rosnący niepokój. Okazuje się, że irytacje moje były zgoła zbyteczne. Okazuje się, że wierszyki moje przez wszystkie te lata nie leżały bynajmniej w kurzu i zapomnieniu. Okazuje się, że z biurka na biurko, z rąk do rąk prze-chodziły. Czytano je wielokrotnie, podkreślano co ważniejsze miejsca, intencje i ukryte sensy facho-wo rozszyfrowywano. Być może jakiś komentarz został napisany, przykładowa egzegeza, elaborat do użytku wewnątrzorganizacyjnego. Już oni wie-dzą, już oni dobrze wiedzą, kto był pierwszy, szep-cę do siebie. Przyśpieszam kroku i widzę je wreszcie, jak niczym rozbrojone niewypały leżą na zielonym suknie, widzę, jak czyjaś wprawna ręka na każdym egzemplarzu z proroczą nieomylnością podkreśli-ła „azjatyckie trawy", jak opatrzyła je gigantyczny-mi znakami zapytania. Rozumiem wszystko i czuję, że niezwłocznie powinienem coś zrobić. Wrócić do domu i przejrzeć rękopisy. Pousuwać niejasności i wymazać azjatyckie trawy ze wszystkich bez wyjąt-ku tekstów. Kopie tych nieszczęsnych trzech liryków spalić w umywalce. Oddać maszynę do czyszczenia i wyrzucić kwit. Powinienem to uczynić niezwłocz-nie. Nawet ręce i twarze mijających mnie prze-chodniów, bywalców tego miejsca i kobiet łudząco podobnych do sekretarki wydziału kultury zdają się posługiwać jakimś nie znanym mi ostrzegawczym alfabetem. Nie reaguję jednak i uparcie krążę wokół kremowej krypty komitetu. Niech przyjdą, niech szukają, szepcę z determinacją, której nigdy bym się po sobie nie spodziewał.

Wieczny odpoczynek

Poza wilgotną i nieostygłą architekturą targowiska rozciągają się liściaste lasy, biegną piaszczyste gościńce, rzeki toczą swe wody. Handlarze przybywający z tamtego świata przeciwstawiają ulotnemu zapachowi wilgotnego brezentu niezłomny zapach zużytych koszul i potu sypkiego jak piasek. Ogrzewają wiekuistymi oddechami wietrzne namioty i prowizoryczne baraki. Z ich plecaków i sakw wypchanych wszelką obfitością sypią się życiodajne okruchy, z wysokiej i zimnej atmosfery lądują wśród tych okruchów gołębie i mewy, monotonny łoskot ich niestrudzonych gardeł budzi mnie, budzi mnie gwar młotów pneumatycznych i stukot szczudeł Czarnego Luda. Rozbudzony, nie wiem, co począć. Leżę i myślę. W mojej pustej głowie nakładają się na siebie fragmenty scen łóżkowych i eliminacyjnych meczów. Elżunia Masna pochyla się nade mną i wygłasza jeden ze swych strzelistych monologów. Myślę o niej z czułością; w końcu każda z moich trwających nawet kilka godzin przygód była w zasadzie małżeństwem, u boku Elżuni zaś spędziłem cztery lata wolne od najmniejszego wysiłku intelektualnego. Myślę o niej z czułością. Obok tych myśli mityczne jedenastki Realu i Benfiki wbiegają na murawę, Puskás zza linii pola karnego poprawia wynik, Elżunia pochyla się nade mną, ma na sobie brudny kożuch i letnią szyfonową sukienkę, przez szczeliny w tynku, brezencie i drewnie sączy się ruchliwe powietrze. Słyszę stukot archaicznych szczudeł Czarnego Luda. Szczudła te, wielokrotnie wiązane, klejone i sztukowane, rozrosły się z czasem i stały sprzętami, których sens trudno odgadnąć. Czarny Lud wznosi się na nich jak na rachitycznym rusztowaniu, torebki i portmonetki, którymi jest obwieszony, kolebią się, jakby uruchamiał je wewnętrzny wiatr. Chorobliwa bladość i wiekuiste hieroglify brudu nadają jego obliczu wygląd plemienny i wojowniczy. Tysiąc pięćset, mówi monotonnie, tysiąc pięćset, kołysze się na szczudłach, chichocze, gestem człowieka, który obudził się przed sekundą, przeciera twarz i przeczesuje włosy. Obracam się na bok i niezauważalnie unoszę połę brezentu. Instruktorka w białej sukience, pod którą widać kruche monety sutek, zdmuchuje z okładek piasek i trawę, połyka ślinę, obraca książkę w palcach. Niski głos, wyrazisty makijaż i równo obcięte rude włosy świadczą, iż jest wielbicielką Cortázara, Frischa i Vonneguta. Tysiąc pięćset, tysiąc pięćset, powtarza Czarny Lud i przeciera powieki. On oczywiście również dostrzega jej narkotyczny wdzięk, jej skórę nasyconą tanimi kosmetykami, suchym powietrzem i kapryśnym pigmentem, on oczywiście także nie odrywa oczu od jej burzliwych epizodów, jednakże święte nawyki poprzedniego wcielenia nie pozwalają mu ustąpić. Dla wielbicielek Cortázara, Frischa i Vonneguta jego pozbawione obszarów erogennych ciało historyka literatury staje się zaporą nie do przebycia. Tysiąc pięćset, powtarza monotonnie, oczywiście Rosjanie nie interesują cię wcale, kurewko o miernych aspiracjach, szepce do siebie, Cortázar, Frisch i Vonnegut, grafomanko--utrzymanko, Borges i Hesse, Europejko-jewrejko, Hłasko, Polko-bojowniczko, nuci kolejne wersy nieskończonej litanii nazwisk i tytułów, jakby chcąc odegnać demona nieregularnej opalenizny. Tysiąc pięćset, mówi raz jeszcze, ona wygrzebuje pieniądze z plastikowej, dziecięcej portmonetki, płaci tysiąc pięćset złotych za *W osiemdziesiąt światów dookoła dnia*, odchodzi w głąb targowiska, znika w bezbarwnym tłumie. Przez chwilę próbuję o niej myśleć, jak zwykle, gdy idzie o obcą kobietę, na jej konwencjonalny wizerunek nakładają się fragmenty meczu Brazylia–Bułgaria, koncentruję się na domniemanych kaprysach karnacji, Brazylijczycy z rzutów wolnych zdobywają dwie bramki, zamiast targować się o pięćset złotych — mówię po raz setny — należałoby widoczne pod przejrzystą szatką ciało poddać edukacji, dobrać mu zestaw lektur i uczynić zeń kruche naczynie wypełnione cytatami, pierwszymi zdaniami dwudziestowiecznych powieści, puentami rozrachunkowych wierszy.

Słyszę wielokrotny jazgot młotów pneumatycznych i łopot brezentu. Moje nozdrza wypełnia zapach suchego prowiantu. Za pociemniałą od kurzu celuloidową szybą płynie gęsty i żółty blask. Leżę okryty zimowym płaszczem i palę papierosa. Wypijam łyk polonaise. Jest ciepła, ale zmieszana z dymem łatwiej znajduje sobie we mnie miejsce. Czarny Lud po szczeblach swych szczudeł wspina się na piramidy samizdatów, poprawia brezent nad lwowskimi wydaniami Brzozowskiego, przegania jaszczurki moszczące sobie gniazda pomiędzy kartami *Zmierzchu wodzów*. Kontynentalne wiatry przynoszą z głębi ziemi nasiona nieznanych roślin, ławice tropikalnych stworzeń, pokłady morskiego piasku. Wszystko to znajduje podatny grunt pod naszymi stopami. Spoczywające w otchłani resztek i odpadów kamienne nawierzchnie zdają się sprzyjać burzliwej wegetacji. Miasto pogrążone po pas w glinie jest żyzne jak trup wchłaniany przez oleiste czarnoziemy. Czarny Lud przemierza chaotyczny teren i kolebie się na szemrzących koleinach niczym poczerniała ze starości łódź rybacka. W poprzednim wcieleniu był historykiem literatury. Wieczorami, gdy ustaje ruch i planeta targowiska rozbłyskuje mrowiem pojedynczych palenisk, mówi o nie ukończonej pracy doktorskiej, o architekturze biblioteki, w której gromadził argumenty, o Mandelsztamowskim *Leningradzie*, który wielokrotnie interpretował. Wbrew zasadom reinkarnacji pamięta najdrobniejsze szczegóły poprzednich wcieleń. Rozpoznaje w tłumie twarze swych studentów, przytacza fragmenty ich prac rocznych, obniża im dawne oceny. Na widok młodych poetów, których w poprzednim wcieleniu wprowadził w tajniki wersyfikacji, wycofuje się z pośpiechem, opuszcza kolejne zasłony i znika w najdalszej części magazynów. Wstaję wówczas z posłania i powoli, przezwyciężając ból w pachwinach, ruszam w stronę łysawego mężczyzny, utrzymującego się przy życiu jedynie po to, aby słuchać, jak współbiesiadnicy nazywają go wielkim lub największym poetą. Wbrew obawom Czarnego Luda nie przezwyciężył wieloletniej niemocy i nie przynosi tomu maszynopisów. Jego przekrwione oczy nadal przeskakują z rzeczy na rzecz w poszukiwaniu tej, której nazwa stanie się początkiem poematu. Teraz chciałby przeczytać książkę dającą choć chwilę wytchnienia, dziewiętnastowieczną powieść o nieśpiesznej narracji, rozstrzygającą wątpliwości filozoficzną rozprawę, rozgrzewającą zmysły libertyńską powiastkę. *Go away*, mówię wolno i skrzekliwie, moje rzadko używane narządy artykulacyjne ledwo wykrzesują te dwa słowa, trafiam go jednak w samo serce, *Bouvard* i *Pécuchet* wypadają mu z rąk, czuje się całkowicie obnażony, lęki i kompleksy ożyły nagle i pełzną ze zdwojoną energią, patrzy na mnie zdumiony, ale wie dobrze, że karcę go za wszystko, co z niemałym trudem ukrywa przed światem, karcę go za lenistwo, za gotowość do ustępstw, karcę go za oszukiwanie samego siebie, za pełne zachwytu lektury własnych juweniliów. Patrzy już ze sporej odległości, ogląda się zza piramidy jabłek, patrzy ponad niebieskawymi płomykami palenisk i widzi we mnie, w moim niechlujstwie, rozmierzwieniu i promieniującej zewsząd goryczy, Wielkiego Pogromcę Grafomanów, Bezlitosnego Oprawcę Nieudaczników, Młot na Miernoty. Czarny Lud wraca z zaplecza i całkowite milczenie, z jakim pomija ten epizod, każe mi domyślać się, iż u źródeł wszystkiego tkwić musi także mroczna historia erotyczna. Być może tamten był w poprzednim wcieleniu homoseksualistą, efebem o świetlistej posturze zmąconej końską, jakby nie z jego ciała pochodzącą, pytą.

Helikopter przetacza się tuż nad masztami namiotów. Widzę jego rdzewiejący brzuch i śmigła naprężone do ostatnich granic. Rozlegają się miarowe uderzenia młotków. Robotnicy pokrywają podium kolejną warstwą płótna. Zasypiam. Sny moje są przeważnie mniej lub bardziej czytelnymi alegoriami wolnej Polski. Śni mi się jazda ulicą Basztową. Wózek nie ma drążka kierowniczego, ma natomiast w zamian dwa rzemyki przymocowane do oparć na stopy, staram się tymi rzemykami sterować, wygląda na to, że prowadzę sanki, sztuka sterowania jest jednak niesłychanie trudna, tym trudniejsza, że jako pierwszy wjeżdżam na skrzyżowania. Na szczęście ruch w to letnie niedzielne popołudnie jest niewielki, jedynie dziecko bawi się na krawężniku, ostrzegam je głośnym, lecz przyjaznym krzykiem, wpadam na pomysł, aby rzemyki przymocować do stóp niczym wiązania nart, kierowanie wózkiem pójdzie mi łatwiej; wypatruję dogodnego pobocza, nie ogrodzonego wjazdu na Planty, jest już jednak zbyt późno, na rogu Basztowej i Długiej stoją służby porządkowe, wjeżdżam między nieruchome tramwaje, samochody i pierzchających przechodniów, nie wszyscy zresztą uciekają, sporo kobiet w białych sukienkach przypatruje się rutynowym rewizjom, szeregowiec w pełnym umundurowaniu prowadzi mnie na chodnik, przeszukuje torbę, *Ikonostas* Florenskiego, *Dzieje prawosławia* Jewdokimowa, pusta butelka i luźne kartki, na których miałem zamiar zapisywać zdania przychodzące mi do głowy, sypią się na trawę, czuję zapach jego rynsztunku, krzyczy, dokumenty, dokumenty, jest to prostoduszny osiłek, przybysz z podkrakowskiej wioski, zawsze pragnąłem usłyszeć jego monolog wewnętrzny, wygłoszone chropawym językiem dzieje trzydziestoletniego życia, rodzice, praca w polu, szkoła, rodzeństwo, przebyte choroby, pierwsze doświadczenia erotyczne, decyzja o wyborze zawodu, żona, dwoje dzieci, ocena ostatnich wydarzeń, jak czuje się w mieście, czy tęskni za macierzystym posterunkiem, koledzy, z którymi o zmierzchu pali papierosy na balkonie Domu Turysty, ich opowieści o koszarach uśpionych w głębi kraju, tysiące innych monologów płynących z serc okrytych granatowymi podkoszulkami, wydaje mi się, że lada moment rozpocznie tę opowieść, i czynię rzecz, której dotychczas nie byłbym w stanie uczynić nawet we śnie, jakby w obawie, że nie oprę się jego narracji, podnoszę do góry moją pustą torbę i wsadzam mu ją na łeb, prawie równocześnie z tym gestem rozlega się wielki zgiełk tryumfu, jakby na wszystkich stadionach miasta zdobyto rozstrzygające bramki, on powoli dźwiga przyłbicę mojej aktówki, jest już innym człowiekiem, obaj rozumiemy, że nie chodzi tu o piłkę nożną, lecz o ostateczne zwycięstwo sił postępowych, kobiety w białych sukniach biegną w kierunku miejsc, na których niebawem rozpoczną się obchody zwycięstwa, my zaś siadamy zmęczeni na trawie, patrzy na mnie wyczekująco i choć odczytuję w jego spojrzeniu mój obraz człowieka dzięki nieoczekiwanej zawierusze wyniesionego na społeczne wyżyny, nie mam siły, aby w sposób jednoznaczny dać mu do zrozumienia, że mam w dupie zarówno jedną, jak i drugą stronę.

Na gotowe już podium wstępują widmowi działacze przypominający fotografie z lat pięćdziesiątych. Obracam się na bok, podnoszę lotną ścianę brezentu i patrzę, jak pierzchający ze mnie mocz toruje sobie drogę w pokładach mułu. Być może dochodzi do najniższych złóż, ociera się o owinięte w folię teczki z nadbitkami prac Czarnego Luda, użyźnia zatopione pamiątki naszej młodości: butelki i opakowania ze starymi cenami. Chciałbym wstać i ruszyć przed siebie. Uciec przed chorą i bezsensowną miłością do Elżuni Masnej, przed strachem, jaki budzi we mnie Docent Bicz Boży, przed zapachem wilgotniejących książek, przed onomatopeicznym stukotem szczudeł Czarnego Luda. Chciałbym zerwać z piciem polonaise i groteskowym nawykiem onanizowania się podczas rozmów z telefonistkami. Chciałbym wrócić do najlepszego z moich wcieleń, do epoki świetności intelektualnej, kiedy mogłem bez namysłu zinterpretować dowolnie wybrany wiersz. Nawet jeśli chciałbym nadłożyć drogi, znajdę w końcu właściwy kierunek, trafię na dobry trakt i wrócę do swego mieszkania, w którym już wprawdzie — poza *Wyborem pism* Eisensteina — nie ma ani jednej książki, którego ściany są jednak nadal wytapetowane fotografiami polityków, alegorycznymi reprodukcjami i płomiennymi fragmentami partyjnych przemówień. Sprowadzę jakiegoś wprawnego interpretatora przypadkowych sensów, on zaś, precyzyjnie operując narzędziami do oddzielania warstw i prześwietlania powierzchni, z pewnością znajdzie tam rzeczy, za które rozpocznę nowe życie. Uda mi się zaprowadzić ład w kartotece, posegreguję wreszcie fiszki z pierwszymi zdaniami nowel i powieści, napiszę pracę magisterską i okaże się, że wszystko jest jeszcze do naprawienia. Jestem gotów, gromadzę potrzebne przedmioty, ubieram się ciepło, nie wiadomo, jak długo i przez jakie klimaty wypadnie mi błądzić, jestem gotów, czekam na stosowną chwilę, słyszę wielokrotny łoskot młotów pneumatycznych, szklanka wypełniona kryształem polonaise dzwoni cichutko, wracam, by uspokoić tę tkliwą sygnaturkę, aby ogrzać w sobie jej ciche serduszko, zbliżam się bez złudzeń, wiem, że jeśli wypiję, odejdzie mi ochota na jakąkolwiek wędrówkę czy ucieczkę, chybabym rozum postradał, mając tu nie kończące się zapasy konserw i salami, polonaise, w której nie czuje się nawet śladów drożdży, telefon i wszystkie książki, z wyjątkiem *Utworów odnalezionych* Babla oraz *Rozmów z diabłem* Kołakowskiego, chybabym rozum postradał, aby mając to wszystko, narażać się na deszcze, śniegi, noclegi pod gołym niebem i któż wie, co jeszcze. Biorę do ręki przerastającą wszelkie wzorce doskonałości szklankę, biorę ją i wypijam, głos sygnaturki rozlega się we mnie, serduszko żałobnego dzwonka kołacze się we mnie coraz pogodniej i radośniej, wypijam i przechodzi mi ochota na jakąkolwiek wędrówkę czy ucieczkę, chybabym rozum postradał, powtarzam raz jeszcze króciutki monolog, tym razem z rosnącą ironią i zdumieniem. Przebieram się, rozpakowuję, leżę okryty zimowym płaszczem i myślę o swych pozostałych wcieleniach. Jak to możliwe, że było ich tak wiele. Jak to możliwe, że byłem chemikiem, opiekunem zwierząt domowych, człowiekiem Wschodu, pomazańcem bożym, studentem polonistyki, członkiem PZPR, ewangelikiem, rusofilem i któż wie, kim jeszcze. Jak było to możliwe u schyłku mojej młodości, w epoce umacniania stałych zdobyczy? Czyżby na mnie odwykłego od podróżowania, od cudzoziemskich karnacji, obcych akcentów, czyżby na mnie znającego jedynie smak kontynentalnego wiatru, oślepiającą biel nieba, zapierającą dech w piersiach swobodę powietrza oczekiwały zasadnicze zmiany? Czyżby na mnie — ducha nie wcielonego — wejrzał ktoś z góry i dojrzał jaki taki ład w mej amorficznej naturze? Czyżby poprzez moją osobę chciano nagrodzić całe, rozgoryczone ciągłym spadkiem stopy życiowej pokolenie? A może gigantyczne przeistoczenie rozpoczyna się ode mnie, może ja jestem pierwszym elementem wielkiej przemiany, po której zakończeniu Polska stanie się neutralnym, protestanckim krajem leżącym na północy Europy?

O tym, że byłem opiekunem zwierząt domowych, upewniają mnie ślady zapachów tlące się w zakamarkach dłoni, niewytłumaczalne zainteresowanie dla książek zootechnicznych oraz sen o krecie pożerającym dżdżownicę. A właściwie sen o krecie czyszczącym dżdżownicę, przed pożarciem on ją czyści, przeciąga pomiędzy swoimi palcami, okruchy ziemi odpadają, wtedy dopiero ją pożera, śni mi się olbrzymi Król-Kret, a raczej Bóg-Kret wychylony z jaśniejącego kretowiska niebios, trzyma w palcach dżdżownicę wielką jak łańcuch, ziemia, piasek i resztki trawy odpadają z jej błyszczących ogniw, słyszę szelest. Budzę się. Sen ten jest reminiscencją z czasów, gdy pracowałem u hodowcy kreta. Był to niski mężczyzna o rysach zdradzających przynależność do mniejszości wyznaniowej. Z uporem dociekał zasad kreciej architektury, za pomocą dziecinnej łopatki przetrząsał ziemię w wielolitrowej urnie stojącej na środku pokoju zimnego jak psiarnia, codziennie wynosiłem i przynosiłem wiadra pełne gliny, do samego naczynia nie miałem dostępu, nie dziwiło mnie to, ludzie, u których pracowałem, cechowali się niezwykłymi instynktami, nie miewałem do czynienia z wielodzietnymi rodzinami, zgodnymi małżeństwami, nie bywałem w zwyczajnych domach, najmowali mnie osobnicy duchowo i fizycznie anemiczni, kusztykając, wskazywali drogę w głąb zapuszczonych mieszkań ku otaczanym czcią drzwiom, za którymi bestia tarzała się w puchu i pokarmie. Pracowałem u ludzi pogrążonych w szalonej miłości do zwierzęcia lub w tytanicznej pracy wokół niego, pracowałem u natchnionych eksperymentatorów i emerytowanych dżokejów, u genetyków samouków i koneserek foksterierów. Właścicielowi kreta nie zależało na oszałamiających rezultatach hodowli, nie zamierzał przełamywać praw natury, przekraczać norm gatunku. Utrzymywał zwierzę w niezłej formie, tak aby po każdorazowej zmianie ziemi na nowo zaczynało żłobić labirynt z gniazdem w środku, gdzie zaczajone słuchało tego, co niesłyszalne dla jakiegokolwiek poza krecim ucha. Nie musiałem dbać o urozmaicone jadłospisy, kret żywił się wyłącznie dżdżownicami, zdobywałem je przy okazji kopania świeżej ziemi, było ich wtedy o wiele mniej niż teraz, wydawało się, że nadciąga powszechna zagłada albo przynajmniej powszechny exodus do żyźniejszych dolin, któż mógł przewidzieć, że resztki i odpady zamienią się pod naszymi stopami w iły, czarnoziemy, że ożyje tam fauna bogatsza niż w latach pięćdziesiątych. Ilekroć widzę lub słyszę te pierzchające stworzenia, ilekroć dostrzegam obok posłania wyloty drążonych przez nie kanalików, nachodzi mnie dawna ochota, aby poznać gruntownie ich mrówcze życie. Proszę Czarnego Luda o odpowiednie prace, kiwa z politowaniem głową, nigdy nie miał szacunku dla wydawnictw podręcznikowych czy encyklopedycznych, wzrusza ramionami, ale przynosi *Wielką przyrodę ilustrowaną*, wszystkie cztery tomy *Życia zwierząt* Brehma, *Społeczeństwa owadów* Wilsona oraz *Biologię* Ville'a. Pełen najlepszych chęci zabieram się do lektur, wyobrażam sobie, iż praktyczne doświadczenia uzupełnię teorią, rychło jednak mój zapał gaśnie i powracam do poziomu poznania zmysłowego: wsłuchuję się w godowe szelesty, wpatruję w wieloznaczne tropy. Niekiedy wydaje mi się, że widzę wśród kupujących książki hodowcę kreta. Jest to jednak zawsze ktoś inny. Tamten zapewne zniknął pod powierzchnią ziemi, zbudował schron zaopatrzony we wszystko i trwalszy od możliwych kataklizmów. Zabrał ze sobą rodzinę, najbliższych przyjaciół oraz po parze z każdego gatunku zwierząt, zstąpił w otchłanie, zatrzasnął klapy wejściowe i cierpliwie przeczekuje skutki reformy gospodarczej.

Mimo to ilekroć słyszę kogoś dopytującego się o pozycje z zakresu podziemnej architektury, wstaję z posłania i idę sprawdzić. Kiedyś byłem pewien, że głos targujący się o *Labirynt* Karla Kerenyiego jest jego głosem. Byłem tego tak pewien, że przez dobrą chwilę leżałem i wsłuchiwałem się w coraz bardziej gorączkową kłótnię, w coraz bardziej podniesione głosy, zaraz wyjdę, myślałem, przypomnę mu dawne czasy, zaproszę na zaplecze i przy dopiero co otwartej butelce polonaise rozważymy raz jeszcze szczegóły krecich przedsięwzięć. A więc poznał już wszystkie praktyczne tajniki podziemnej sztuki życia, myślałem w bliski mi sposób, a teraz chce to uzupełnić o mitologię i metafizykę. Kiedy jednak odchyliłem połę namiotu, zamiast jedynego sprawiedliwego hodowcy kreta ujrzałem owiniętą w brudną kołdrę Elżunię Masną, która w poprzednim wcieleniu była moją najtkliwszą, najzdradliwszą przewodniczką, Elżunię Masną, u której boku spędziłem cztery lata, Elżunię Masną, która pochylała się nade mną i wygłaszała fenomenalne monologi, synku obrzydliwy, mówiła Elżunia Masna w poprzednim wcieleniu, jeszcze jesteś mały, jeszcze ci nie staje, a jeżeli staje, to na darmo, co najwyżej na marną pociechę twoich onanistycznych redukcji własnej świadomości, chichotała Elżunia Masna, posiadająca wtedy torebkę z zielonej skóry, której wnętrze pachniało intymnym dezodorantem. Gdybyś żył w dawnych, dobrych czasach, tobyś przynajmniej porządnie dostawał po dupie, wychowawcy zrywaliby z ciebie kołdry, lekarze zalecali uprawianie sportu, a twoja gęba upodobniałaby się do alegorycznego wizerunku onanisty z popularnych broszurek, na swoje nieszczęście, wzdychała Elżunia, żyjesz w czasach afirmacji gówna, szczyny i rozkładu, pochylała się nade mną i wygłaszała dziesiątki innych, strzelistych, zawsze wymierzonych we współczesność monologów. Teraz zaś, owinięta w brudną kołdrę i wyjałowiona z elokwencji, targowała się bez przekonania z Czarnym Ludem, ja brałem jej głos za głos hodowcy kreta i byłem pewien, że nawet najzagorzalszy freudysta nie wytłumaczy mi tej pomyłki. W zamian za *Labirynt* Kerenyiego Elżunia oferowała rzecz dla mnie cenną ze względów nostalgiczno-erotycznych: zieloną torebkę, w której wnętrzu czai się zapewne jeszcze zapach jaśminowego dezodorantu... Ale, na Boga Ojca, na cóż Elżuni Kerenyi? Wszakże jej ani literatura, ani mitologia, nie mówiąc już o filozofii kultury, nigdy nie interesowały, przecież Elżunia Masna nie znała żadnego zachodniego języka. Czyżby nie dla siebie tę książkę chciała nabyć? Czyżby była czyjąś wysłanniczką? Czyżby w obecnym wcieleniu związała się na dobre i złe z jakimś natchnionym emerytem, hellenistą, romanistą, filologiem klasycznym? Czyżby jego chybotliwe manuskrypty miała teraz na pieczy? Dla niego pozbywała się zielonej torebki? Jakże monstrualnym gadułą musiał być ten przyczynkarz, że słuchając go, zapominała o sobie! Więc teraz nad nią pochylał się ten bieluśki staruszek, tokując nieustannie? W błyskawicznym tempie przemknęły przez moją głowę ewentualne szczegóły obecnego wcielenia Elżuni Masnej i poczułem rzecz u mnie rzadką, poczułem mianowicie przypływ sił i gotowość do podejmowania jednoznacznych decyzji, wyobraźnia szykowała się do podsuwania mi całego szeregu nowych szczegółów dotyczących już nie obecnego, lecz przyszłego wcielenia Elżuni, to również nie zdarzało się często, aby obrazy konkretne i wyraziste logicznie wynikały jedne z drugich, aby w dodatku podszyte były wiarą, że świat znów ułoży się po mojej myśli, trzeba jednak zacząć od poznania prawdy, pomyślałem, wstałem i zbliżyłem się do Elżuni. Spojrzała na mnie w sposób doskonale obojętny, tak jak potrafi kobieta, z którą bywało się w łóżku, niczyj wzrok nie osiąga podobnego, zimnego, wodnistego i bezstronnego stanu skupienia, Elżunia Masna, której monologi mam nawet gdzieś zapisane, przesunęła po mnie spojrzeniem bezbarwnym jak piekło, machnęła ręką na Kerenyiego i odeszła. Ja zaś poczułem odpływ sił. Siły i myśli uchodziły ze mnie niczym z pustoszejącego naczynia. W mojej niedokładnej głowie zatrzymywały się jedynie fragmenty scen łóżkowych i eliminacyjnych meczów. Znów porozumiewałem się z własną duszą za pomocą najprostszych wyrażeń. Znów zaczynało mi się wydawać, że o wszystkim rozstrzygnie mecz, jaki rozegramy na oczyszczonej płycie rynku. Zdejmiemy marynarki, podwiniemy nogawki, a za bramki posłużą nam ławy obmyte ze szlamu. Zaczną nas dopingować przypadkowi przechodnie, szkolne wycieczki, starzy wyjadacze pamiętający czasy Gędłka i Parpana, w drzwiach „Delikatesów" pojawią się białe fartuchy ekspedientek, gdy zaś padnie gol, wszystkie ramiona uniosą się ku górze.

Obracam się na bok i przysuwam twarz do brezentu falującego jak poły ogromnego płaszcza. Sinusoidalne szlaki wątku i osnowy pierzchają niczym ciała niebieskie. Przez ich sieć widzę rozpartego na łożu swych szczudeł Czarnego Luda. W rozległych przestrzeniach jego garderoby, w mezozoicznych pokładach tkanin rozlega się dzwonek. Budzik ukryty w jednej z sakiewek wydzwania południe. Jest to godzina, w której pojawiają się masowi czytelnicy. Targowisko wypełnia zapach naftaliny, Czarny Lud śpi, ja zaś pomnażam nasz budżet, zasoby konserw, kawy i papierosów. Sprzedaję dziesiątki egzemplarzy Bunscha, Wańkowicza i Łysiaka. Dojrzałe kobiety o nienagannym makijażu kupują Sigrid Undset i Axela Munthego, bracia katolicy — Francisa Clifforda, gładko zaczesane stażystki — powieści Iris Murdoch, a demoniczni zetempowcy — Lilian Seymour-Tułasiewicz. W ciągu godziny przekonuję się, iż istotnie — jak powiada Czarny Lud — świat kładzie się u stóp filologów. W ciągu godziny zarabiam więcej niż handlujący wszystkim królowie życia i książęta nocy. W ciągu godziny moje ospałe ciało nabiera wigoru, uspokajam drżące ręce, przecieram zmętniałe powieki, wydaje mi się, że potrafiłbym opanować niektóre praktyczne umiejętności, to zaś w połączeniu z inteligencją, elokwencją i znajomością literatury uczyniłoby ze mnie powstańca- -filozofa, trapera-intelektualistę, żeglarza-eseistę. Zarobionych pieniędzy i dóbr starcza na utrzymanie księgozbioru, na codzienne potrzeby, na haracz, jaki zimą składamy opanowującym plac handlarzom jabłek. Czarny Lud może sobie pozwolić na targi z wielbicielami Frischa, Vonneguta i Cortázara, na nieumiarkowany chichot, na szermowanie zarzutem nieznajomości literatury rosyjskiej. Rosjanie nie interesują się wcale, ignorantko-spekulantko, brzmi jeden z wersów jego nieprzejednanej litanii nazwisk, wyzwisk i tytułów, nie pamiętam jednak, aby sprzedał jakąkolwiek rosyjską książkę. Nawet za Trifonowa, Możajewa i Szukszyna domaga się rzeczy nieosiągalnych, nie mówiąc już o klasykach czy emigrantach.

Zasypiam. Śnią mi się samochody ciężarowe z zatkniętymi na stertach towarów biało-czerwonymi chorągiewkami. O czwartej rano budzi mnie skrzypienie roweru. Docent Bicz Boży prowadzi swój rozlatujący się wehikuł. Martwy blask ognisk kładzie się na szprychach. Moje serce powiększa się. Noc szturmuje ze wszystkich stron. W ciszy oszronionych namiotów i nie oświetlonych szyldów dosięgają mnie pierwsze grudki ziemi. Moje serce, ogromne i białe, ugina się pod ich ciężarem. Boję się. Być może powinienem mój strach rozumieć jako ostrzeżenie. Być może tak właśnie brzmi głos instynktu nakazującego ucieczkę. Nie jestem jednak pewien. W gruncie rzeczy nie rozumiem bełkotliwego języka, jakim przemawia do mnie własne ciało. Jeśli nawet któregoś dnia język ten zabrzmi na tyle wyraźnie, że usłucham go i wyruszę, nie uczynię tego o czwartej rano. Nie uczynię tego o tej zwodniczej godzinie, gdy ciało blednie, dech ciemnieje, a ledwo żywe zwierzęta przyczołgują się coraz bliżej i bliżej. W świetle latarki Docent Bicz Boży przegląda skrzynie z gratisowymi egzemplarzami. Jego gorączkowe ruchy świadczą, iż poszukuje mitycznej, zapamiętanej z dzieciństwa księgi żywota. W poprzednim wcieleniu był urzędnikiem pracującym w jednej z tych firm, które pozbawione szyldu i wystawy, zdają się w ogóle nie istnieć. Pracował tam aż do chwili, w której osiągnął doskonałość. W pewien kwietniowy, nasycony chorobliwym ciepłem poranek stwierdził, iż tuż poza granicami ciała rozpoczyna się chaos. Jego dusza z błotnistej, wapiennej sadzawki przeistoczyła się w krystaliczny i zimny jak żelazo strumień. Od tego czasu obchodzi miasto, udzielając pouczeń i wskazówek. Nawołuje do wczesnego wstawania, pracy nad sobą i wzmożonej dyscypliny. Przetyka kanały uliczne, kieruje ruchem na nie oznakowanych skrzyżowaniach. Gołymi rękami próbuje uporządkować konstelacje okruchów, resztek i zagubionych szczegółów. Przypominam sobie wszystkich grafomanów, pierzchających na mój widok, i pojmuję, że nadchodzi pora wyrównywania rachunków. Tym razem ja zostanę złożony w ofierze, tym razem moje ciemne uczynki ujrzą światło dzienne, tym razem moje myśli zostaną wydane na publiczne szyderstwo. Na piersi Docenta szeleści papier z wypisaną sentencją wyroku, pod koszulą czuje zimną strugę metalu, łączą nas kilometry przebytych dróg, przemierzaliśmy miasta i prowincje, przekraczaliśmy rzeki, o zmroku pomiędzy zaroślami płonęły nasze ogniska, aż wreszcie teraz, gdy próbuję się ukryć w opustoszałym spichlerzu, gdy próbuję się ocknąć w nieczynnej zajezdni, on podchodzi coraz bliżej, unosi ramię i lada moment wbije mi dłuto w serce. Zamykam oczy, aby nie widzieć wzbierającego blasku, zatykam uszy, aby nie słyszeć skrzypienia roweru, przeklinam słabość własnego ciała, które zawsze budzi się o tej złej godzinie, w którym zawsze coś o tej porze złowieszczo zakwili, w którym właśnie wtedy rozpoczyna się szalony berek tętna i oddechu, któremu zwyczajnie brakuje tchu i które wie, gdzie uciec przed czymś, co lada moment zacznie uchodzić ze środka, jak temu zapobiec i jak to zatrzymać.

Nie mogłem być chemikiem, być może samo słowo „chemia" wciąga mnie w swe narkotyczne otchłanie, nie byłem chemikiem, studiowałem polonistykę, słuchałem wykładów Czarnego Luda, pisałem pracę magisterską o pierwszych zdaniach nowel i powieści, próbowałem usystematyzować zebrany materiał, konstelacje zdań przesypywały się w mojej głowie i przechodziły przez moje ręce. Dzieliłem je według rozmaitych kryteriów (np. według kryterium bohatera leżącego w łóżku albo według kryterium schyłku upalnego dnia), układałem z nich genialne opisy i monologi, zapierające dech w piersiach palimpsesty, mistrzowskie imitacje późnych wierszy awangardowych poetów. Komponowałem antologię pierwszych zdań, które utworzyłyby logiczną całość: powieść złożoną z pierwszych zdań innych powieści, na osobnych fiszkach zapisywałbym zdania aluzyjne, odwilżowe i rozrachunkowe. W żonglowaniu nimi osiągałem szaloną wprawę, gdy jednak próbowałem dodać choć jedno zdanie od siebie, wszelkie konstrukcje i typologie pierzchały w okamgnieniu. Pomiędzy moim językiem a językiem pisarzy mających mi służyć jako egzemplifikacje zachodziła widać sprzeczność nie do pogodzenia. Oderwane od dzieł, które rozpoczynały, pierwsze zdania nowel i powieści wiodły żywot zdumiewająco samodzielny. Nawet teraz, choć myślę o czym innym i nie proszę o pomoc Czarnego Luda, plączą się w mojej głowie. „Pamiętny to był rok i straszny to był rok, ten od narodzenia Chrystusa Pana tysiąc dziewięćset i osiemnasty, zaś od rozpoczęcia rewolucji wtóry". „Trzech machnowców — Gniłoszkurow i jeszcze dwóch — dogadało się z tą kobietą co do doświadczeń miłosnych". „Natura nie obdarzyła Fomy Puchowa zbytnią czułostkowością, na trumnie żony krajał gotowaną kiełbasę, przegłodziwszy się na skutek nieobecności gospodyni".

Podnoszę słuchawkę i wykręcam numer międzymiastowej. Słucham, jak głos telefonistki szamoce się w coraz niespokojniejszej sieci mojego oddechu. Milczę, lecz ona, jakby wiedziona grzesznymi intuicjami, nie przerywa połączenia. Być może już kiedyś byliśmy razem, być może poznaje mój szept, pojmuje mój gorączkowy oddech, słyszy w nim łopot brezentu, jazgot młotów pneumatycznych, stukot szczudeł Czarnego Luda. Milczy, ale jest ze mną na dobre i złe, pozwala robić, co dusza zapragnie, teraz i ja poznaję jej matczyne posłuszeństwo, tym razem żadne z nas nie popełnia młodzieńczych błędów, mityczne jedenastki Startu Wisła i Kuźni Ustroń wbiegają na boisko, wiem, że powinienem wreszcie coś powiedzieć, nic mi jednak nie przechodzi przez gardło, co będzie dalej? Chyba zadam jej to odwieczne pytanie, być może sprowadzi jego ogólny sens do nas dwojga, czekam jeszcze, aż znikną z głosu ślady uniesienia, ale ona decyduje się szybciej, zadzwoń, nagle jej głos przypomina mi spojrzenie Elżuni, zadzwoń jeszcze raz, wiem już, czym to się skończy, odkładam słuchawkę, zanim powie coś obrzydliwego, zanim zdąży się przeobrazić.

W poprzednim wcieleniu byłem Człowiekiem Wschodu, prasowałem makulaturę na przedmieściach Pragi, nieprzytomnie pijany rzygałem w pociągu jadącym przez podmoskiewskie osiedla, byłem bohaterem książek, o których nawet nie wiem, czy zostały napisane: Bułgarem szalejącym z miłości do kobiety, o której cały prawobrzeżny Płowdiw mówił, iż ma najpiękniejsze piersi Układu Warszawskiego, odchodzącym od zmysłów Węgrem, do którego przemówił Pan Bóg, bezdomnym Rumunem nocującym wewnątrz przestrzennych portretów Nicolae Ceauçescu. (Każdego ranka wypełzał z głowy sekretarza generalnego niczym Minerwa z głowy Jowisza, rozpoczynał opis moich wędrówek przez widmowy Bukareszt rumuński debiutant).

Byłem Człowiekiem Wschodu, choć niesłychanie późno opanowałem sztukę rozpoznawania tej części świata. Dopiero mając trzydzieści lat, poczułem niepowtarzalny piach i płomień kontynentalnego wiatru. Dopiero u schyłku młodości zauważyłem oślepiającą biel nieba i zapierającą dech w piersiach swobodę powietrza. Codziennie zanosiłem do antykwariatu kolejne tomy biblioteki zgromadzonej przez moich przodków. Choć obiecywałem sobie, iż nie ruszę białych kruków, pierwszych wydań, egzemplarzy z dedykacjami autorów, nie tknę słowników i encyklopedii, sprzedałem wszystko. Pozostały mi jedynie *Dzieje prawosławia* Jewdokimowa, *Ikonostas* Florenskiego i *Wybór pism* Eisensteina. Widok pustych regałów, na których te trzy książki błąkały się niczym egzemplarze zaginionego gatunku, napawał mnie melancholią. Byłem wprawdzie zdrowy, miałem parę — jak na absolwenta studiów humanistycznych — silnych i zręcznych rąk, zdawałem sobie jednak sprawę, iż zbliża się koniec pewnej epoki. Każdego dnia ruszałem do miasta. Jewdokimowa i Florenskiego zabierałem ze sobą, Eisensteina na wszelki wypadek zostawiałem w domu. Mimo wszystko nie potrafiłbym zasnąć w mieszkaniu całkowicie pozbawionym książek. Czułem zapach spalenizny i elektrostatyczny smak iskier wzniecanych na dachach tramwajów. Widziałem klęczącego na asfalcie mężczyznę w białym płaszczu, samochód znikający w ciemniejącym wodospadzie horyzontu; wiózł ostatnich emigrantów i ich dobytek, z bagażnika sterczały narzędzia ogrodnicze, dzieci siedzące z tyłu pokazywały palcami w moim kierunku. Czułem zapach spalenizny, wydawało mi się, że mijam domy pełne zwęglonych substancji, żaru i popiołu, że lada moment ich ściany rozstąpią się pod naporem wewnętrznych upałów. Zapominałem o książkach kurczowo trzymanych pod pachą, zapominałem, dlaczego zwlekam z ich sprzedażą, zapominałem, kim jestem. Kluczyłem pomiędzy rusztowaniami, resztkami gigantycznych napisów i symboli. Stragany, w których kiedyś odbywały się Kiermasze Książki i Targi Sztuki Ludowej, dekoracje Dni Filmu Radzieckiego i Święta „Gazety Krakowskiej", zrastały się z wolna w parterową architekturę; wszystko zmieniało się z pośpieszną łatwością, wskazującą, iż miejsca te w poprzednich wcieleniach także bywały targowiskami. Moja głowa stawała się gniazdem żarłocznych czerwi, wyobrażałem sobie narzędzia rozłupujące czaszkę, byłem pewien, że przez otwór nie większy od biletu tramwajowego naruszą architekturę mózgu i dusza moja uleci w przestworza.

Monotonny trzepot skrzydeł mew i gołębi budzi mnie i usypia. Leżę okryty zimowym płaszczem (kiedy okryłem się nim po raz pierwszy?) i nie wiem, co począć. Co będzie dalej? Wypełniam głowę przestrzeniami dzielącymi mnie od Elżuni Masnej. Powinienem niezwłocznie napisać do

niej wielostronicowy list. Po czterech latach ocknąłem się w najzupełniej przypadkowych okolicznościach — oto właściwy początek gorączkowej
spowiedzi, która być może zrobi na niej wrażenie.
Co będzie dalej? Słyszę chichot Czarnego Luda.
Znów jedna z obdarzonych nieomylną anatomią
instruktorek zapytała o *Siódmy dzień tygodnia* lub
o *Śniadanie ludożerców*. Najdrobniejsze lapsusy, je
śli tylko dotyczą literatury, przyprawiają go o ataki
histerycznego śmiechu. O czym on myśli? Czy rzeczywiście przez cały czas wyobraża sobie prowincjonalną księgarnię, w której zachowały się jakimś
cudem *Rozmowy z diabłem* i *Utwory odnalezione*?
Co będzie dalej? — powtarzam pytanie, które zadałem kiedyś trzyosobowej egzekutywie. Co będzie
dalej? Czy istotnie, gdy któregoś dnia ujrzę w tłumie białe suknie Egipcjan, usłyszę zawodzenie licytujących się Żydów i poczuję zapach wielbłądziej
sierści, będzie to znaczyć, że wstąpiliśmy na karty
jednej ze świętych książek ludzkości? Co będzie dalej? Przenika mnie chłód idący od placu. Okrywam
się szczelniej i kładę w nogach najcięższe tomy leżące pod ręką: *Konfederację barską* Konopczyńskiego, *Waleriana Łukasińskiego* Askenazego i *Księcia
Adama Czartoryskiego* Handelsmana.

Gdyby odwiedził was...

Na liście moich przerażeń obawa, iż Przedstawiciel władz najwyższego szczebla złoży nie zapowiedzianą wizytę na prowadzonych przeze mnie zajęciach z literatury odwilżowej, zajmowała poczesne miejsce. Bałem się niesłychanie wielu rzeczy. „Kiedy zaczynam wyliczanie rzeczy, które budzą we mnie strach, ogarnia mnie przerażenie" — napisałem na rewersie fiszki. Bałem się niezłomnej apodyktyczności starych komunistów. Bałem się spojrzeń Ewuni rocznik 37. Bałem się wiecznie czerwonych rąk mojego sąsiada Mieczysława C. Bałem się czuwającej u wrót instytutu woźnej Walpurgii Z. Bałem się, iż nie zdążę w terminie ukończyć dysertacji doktorskiej. Bałem się mojej nieumiarkowanej skłonności do gestów pojednawczych. Jednakże paraliż, jaki ogarniał mnie na samą myśl, iż w trakcie zajęć z literatury odwilżowej otworzą się drzwi i w towarzystwie przedstawicieli władz miasta, uczelni i stronnictw politycznych na salę wkroczy Przedstawiciel władz najwyższego szczebla, zwiastował jeden z moich największych lęków.

Już w czasie jego nie zapowiedzianych i ściśle roboczych wizyt w Tarchomińskich Zakładach Farmaceutycznych Polfa, w Państwowym Gospodarstwie Rolnym w Mieni oraz w urzędzie miejsko-gminnym w Kałusznie i pobliskiej cukrowni, już wtedy — pamiętam — odczuwałem niepokój. Kładłem go jednak na karb zbyt nikłej liczby zgromadzonych fiszek. Wówczas na liście moich przerażeń poczesne miejsce zajmowała obawa, iż liczba zgromadzonych przeze mnie fiszek jest niewystarczająca. Dopiero półtora roku później miałem zrozumieć prawdziwe przyczyny mojego przerażenia. Dopiero półtora roku później, podczas nie zapowiedzianej wizyty Przedstawiciela władz najwyższego szczebla w Podlaskich Zakładach Drobiarskich Poldrób — tabela moich przerażeń miała ulec zasadniczej weryfikacji.

Jak dziś pamiętam ów ostatni, upalny dzień lipca; siedziałem za biurkiem i zastanawiałem się nad konsekwencjami, jakie mieć może obniżenie dziennej normy fiszek z pięćdziesięciu do dwudziestu pięciu, dochodzący zza otwartych okien zapach burzliwej wegetacji nasunął mi myśl o użyźniających własnościach gazu cieknącego nieustannie z nieszczelnych przewodów, postanowiłem na liście moich przerażeń dopisać lęk przed sezonem eksplozji. „Boję się — pisałem na rewersie fiszki — wzbierającej pod moim domem poduchy gazu coraz pełniejszej i twardszej, boję się jej nieokiełznanego przypływu, wstrzymuję oddech, pewien, że odgadłem jej zagadkowy rytm, że właśnie teraz uniesiony zostanę na najwyższe tarasy eksplozji..."; otarłem pot z czoła i nieoczekiwanie przemknęła mi przez głowę niejasna analogia pomiędzy moim trudem a trudem młodych drobiarzy. Na sekundę ujrzałem otaczające Przedstawiciela władz najwyższego szczebla zmęczone, poszarzałe twarze i nagle poczułem straszliwy przypływ ciepła, tak jakby istotnie ogarniał mnie oddech przedwczesnej eksplozji, tak jakby jakimś cudem dotarły do mnie temperatury wydziału wylęgu, i w okamgnieniu zrozumiałem wszystko. Nie musiałem nawet nazywać rzeczy po imieniu, wymawiać ich na głos ani tym bardziej zapisywać na rewersie fiszki.

Kiedy parę dni później ujrzałem na pierwszej stronie gazety tytuł *Gdyby odwiedził was Przedstawiciel władz najwyższego szczebla...*, uśmiechnąłem się z łagodną wyrozumiałością. Ja — miałem już pewność. Lista moich przerażeń już uległa zmianie. I nie starałem się nawet śledzić następnych celów i kolejnych tras nie zapowiedzianych wizyt. Dobrze wiedziałem, że ich szlak wykreślony na mapie — jakakolwiek byłaby jego asymetria — będzie dla mnie zawsze hieroglifem strachu, że ujrzę w nim pajęcze ścieżki zmierzające ku mnie, ujrzę w nim labirynt i samego siebie w sercu tego labiryntu. I nie zapisywałem nawet nazw zakładów pracy, gdyż zdawałem sobie sprawę, iż ich litery układać się będą dla mnie zawsze w szyfry ostrzegawczych haseł. Jedynym uczuciem, które — poza strachem — miało do mnie dostęp, było uczucie dwuznacznej zazdrości. Z zazdrością myślałem o Stanisławie B., woźnym Zespołu Szkół Zawodowych im. PPR, który w trakcie pierwszej przerwy ujrzał na placu przed szkołą wysiadającego z samochodu Przedstawiciela władz najwyższego szczebla. Zazdrościłem Wacławowi T., pracownikowi straży przemysłowej Zakładów Wytwórczych Lamp Elektrycznych im. Róży Luksemburg, który zatrzymując przed fabryczną bramą nieznany mikrobus, dostrzegł we wnętrzu charakterystyczną sylwetkę. Ci dwaj, ci dwaj — myślałem z bólem — mają już wszystko za sobą, a ja dalej, ja dalej umierałem ze strachu.

Podczas zajęć każdorazowy odgłos kroków na korytarzu wydawał mi się pełnym adoracji rytmem, jaki wydaje obuwie przedstawicieli władz miasta, uczelni i stronnictw politycznych akompaniujące butom Przedstawiciela władz najwyższego szczebla, wydawało mi się nawet, że słyszę bezszelestne stąpanie członków obstawy. Mój słuch przez miesiąc oczekiwania wyostrzył się niebywale, nieomylnie potrafiłem odróżnić chód asystenta od chodu adiunkta, moje jasnosłyszenie pozwalało mi określić, czy dobiegające z lodowatych korytarzy kroki należą do członka partii czy bezpartyjnego, z dziecinną łatwością rozpoznawałem sporadyczne kroki członków stronnictw sojuszniczych, bez trudu odróżniałem gorączkowy trucht pracowników administracji od spazmatycznego stępa starszych asystentek. Nie odwracając nawet głowy, nie zbliżając się ku drzwiom, dobrze wiedziałem, kiedy cwałuje tamtędy rasowy dydaktyk, kiedy zaś pełznie zaciekły archiwista. Niestety, nie miałem najmniejszych korzyści z tego nieoczekiwanie nabytego kunsztu — przeciwnie, ceną, którą za niego płaciłem, był nieprzerwanie trwający miraż, bolesny omam zbliżających się kroków. Każdorazowy szmer zajeżdżających samochodów, trzask drzwiczek był dla mnie odgłosem towarzyszącym nie zapowiedzianej wizycie. Zamierałem ze strachu, trzęsącymi się rękami wydobywałem na wierzch notatki dotyczące zaprzepaszczonych szans polskiego socrealizmu, czułem uchodzące ze mnie siły i energię, resztkami wyobraźni próbowałem odegnać nieuchronną zapaść (bałem się, iż po ocknięciu z omdlenia ujrzę pochylone nade mną głowy przedstawicieli władz miasta, uczelni i stronnictw politycznych) i usiłowałem rozważać rozmaite warianty mego zachowania. Wiem, jak się zachowam, dobrze wiem, jak się zachowam, szeptałem sam do siebie, choć coraz gwałtowniejszy oddech przeszkadzał mi w szepcie. Pochylałem się nad notatkami dotyczącymi zaprzepaszczonych szans polskiego socrealizmu, przymykałem oczy i widziałem, widziałem, jak odwzajemniam uścisk wyciągniętej w moim kierunku dłoni, widziałem wyraźnie, że czynię to chłodno i nazbyt wolno, widziałem samego siebie, jak z niechęcią odwracam się, odchodzę w przeciwny kąt sali i kontynuuję wywód tak, jakby nic nie zaszło. Zdarzały mi się też chwile wyjątkowych uniesień, za każdym razem spływało wówczas na mnie oszałamiające widzenie, lubowałem się w jego niepowtarzalnych szczegółach, na długo, na coraz dłużej zastygałem z przymkniętymi powiekami, aż postanowiłem wreszcie zapisać je na odwrocie fiszki, zapisałem je i pisząc, łkałem nad samym sobą, nad tym, iż to, co zapisuję, jest tak nieprawdziwe, tak wyssane z palca, tak na wskroś oderwane od rzeczywistości. Jedynie samego siebie mogłem winić, iż łzy moje toną w fikcji, bo gdybyż było inaczej, gdybyż z rewersu mojej fiszki biło choćby najwątlejsze źródło prawdy, nie spisywałbym na nim dziejów mego przerażenia, lecz dzieje odwagi i nie bałbym się wówczas nikogo, ani ojca, ani matki, ani ojczyzny, ani stojących na jej czele kolejnych pierwszych sekretarzy. I wtedy mogłoby się zdarzyć, iż odwzajemniwszy z pozorną skwapliwością uścisk wyciągniętej dłoni, nagle miażdżę jej palce z nieludzką wprost siłą i chwytem prędszym niż refleks obstawy przerzucam go przez bark, biodro, głowę, aż wzbije się w powietrze, aż z hieratycznego ładu ciśnięty zostanie w chaos i stamtąd dopiero, z chaosu strącony w otchłań całkowitą, z niebywałą siłą runie na podłogę. W nieskończenie krótkiej chwili, która nastanie, słychać będzie jedynie niepowtarzalny odgłos, jaki wydaje wirująca po płytkach PCW czapka o ebonitowym daszku. Wszystkim zebranym dźwięk ten już do końca życia kojarzył się będzie z udziałem w historii, bo przecież jeszcze nieraz go usłyszą, bo przecież — czułem, jak ze wzruszenia tężeje mi gardło — nastanie czas wielkiego wirowania czapek, na podłogach, ulicach i placach defilad czapki o ebonitowych daszkach wirować będą niczym roje dziecinnych bączków: w moich uszach zaś dźwięk ten zabrzmi niczym hejnał niebiańskich zastępów, już w następnej sekundzie rzucą się ku mnie przedstawiciele władz miasta, uczelni i stronnictw politycznych, ktoś ogłuszy mnie fascykułem zeszytów naukowych, ktoś leżącego Przedstawiciela władz najwyższego szczebla zasłoni własnym ciałem i zaraz potem kordon mnie otoczy i w kordonie zostanę wyprowadzony. Ale też natychmiast chwała mego czynu pocznie się szerzyć wśród uciemiężonego narodu i chyba ujrzę nawet półoślepłymi oczyma, wysoko ponad rozsadzającymi marynarki barami funkcjonariuszy, Palec Boży, jak na poczerniałych murach starego uniwersytetu żłobić poczyna złote litery napisu, co będzie wiecznie sławił mój heroiczny czyn starszego asystenta, który nie ulękł się niczego i w przytomności przedstawicieli władz uczelni, miasta i stronnictw politycznych Przedstawicielem władz najwyższego szczebla pierdolnął o ziemię.

Zapisałem tę scenę na odwrocie fiszki i — nie będę ukrywał — lubiłem ją sobie ukradkiem odczytywać. Jej lektura pozwalała mi zapomnieć o bolesnej prawdzie, mój strach malał, nieznacznymi ruchami wysuwałem ją spomiędzy notatek poświęconych zmarnowanym szansom polskiego socrealizmu, odczytywałem zdanie po zdaniu i rozmyślałem nad ewentualnymi udoskonaleniami szczegółów. Wyobrażałem sobie na przykład, iż z niebios wychynie nie Palec, lecz cała Ręka Boża, że na rękawie szaty widnieć będzie biało-czerwona opaska, w dłoni zaś spoczywać będzie puszka niezmywalnej farby w aerozolu. Mój niesłychany słuch słabł, nie docierał do mnie stukot obcasów Ewuni rocznik 37, nie majaczyły mi żadne niepokojące odgłosy, widziałem jedynie dobrze wyćwiczone ruchy Bożej Dłoni i nie dziwiłem się niczemu, bo wiedziałem, że dłoń ta zapisała kilometry ścian i murów, i sycąc się złudnym poczuciem bezpieczeństwa, byłem gotów do nanoszenia na rewersie mojej fiszki niezliczonych korekt i poprawek, a nawet do dopisywania patetycznych zdań, iż tego napisu żaden nie zamaże patrol, iż trwał będzie wiecznie, nawet wtedy, gdy szlam pokryje granice porządku jałtańskiego, gdy skowronek gnieździł się będzie w przestworzach między literami. I dobrze wiedziałem, jak złudna to pociecha, zdawałem sobie sprawę z autoterapeutycznego charakteru mojej pracy nad fiszką, dobrze wiedziałem, że gdy tylko oderwę wzrok od jej rewersu, powróci mój strach paniczny i przywrócony zostanie słuch nadzwyczajny, i znów usłyszę tajemne życie instytutu, piasek cieknący wewnątrz murów i zaraz potem zbliżające się kroki. Dobrze wiem, jak się zachowam, szeptałem sam do siebie i byłem pewien, że w skwapliwości, z jaką uścisnę wyciągniętą rękę, nie będzie pozorów, że będzie to skwapliwość autentyczna, co więcej, podszyta duchem dyscypliny i militaryzmu, widziałem samego siebie, jak wykonuję energiczny skłon głową, jak każdym grymasem i gestem staram się dać do zrozumienia, iż wielogodzinnymi zajęciami z domowej musztry osładzam sobie upokarzającą gorycz kategorii D. Bałem się mojej nieumiarkowanej skłonności do gestów pojednawczych i czułem, że w tabeli wszystkich moich przerażeń ten rodzaj strachu winduje się coraz wyżej. Wiedziałem dobrze, że jeśli tylko ojcowskim tonem zada mi pytanie o prawdziwe powody mojej powściągliwości w stosunku do oficjalnych posunięć, natychmiast wyrażę gotowość powrotu do lewicowych przekonań i zapewnię, iż gorycz wywołana niedawną przeszłością przemija. Wiem, dobrze wiem, jak się zachowam, szeptałem, okłamując siebie, skąd mogłem wiedzieć, skoro bałem się własnego ciała i jego nieprzewidzianych reakcji, skąd mogłem wiedzieć, skoro bałem się własnej duszy i jej niezbadanych tajników? Skąd mogłem wiedzieć, czy nie zacznę bluźnić? Czy nie wyprę się po trzykroć? Czy nie spłynie na mnie pomieszanie zmysłów?

Wertowałem notatki dotyczące zmarnowanych szans polskiego socrealizmu i myślałem z goryczą, iż żaden ze śmiertelnie przerażonych pisarzy polskich nie opisał strachu przed nie zapowiedzianą wizytą Przedstawiciela władz najwyższego szczebla. Ani jeden z autorów powieści produkcyjnej nie stworzył postaci brygadzisty, który umiera ze strachu, ponieważ nieustannie majaczy mu idąca środkiem hali produkcyjnej postać przewodniczącego Komisji Planowania, Hilarego Minca. Żaden onirysta nie opisał gehenny kierownika powiatowej biblioteki dręczonego proroczymi snami o rychłym przybyciu członka Biura Politycznego, Zenona Kliszki. Żaden przedstawiciel nurtu wiejskiego nie uczynił bohaterką powieści gospodyni, która krząta się nieustannie nękana obsesyjną myślą, iż lada chwila na progu obejścia pojawi się zatroskane oblicze marszałka Sejmu, Czesława Wycecha. Nikt spośród reprezentantów prozy autotematycznej nie opisał rozterek literata, który aby napisać nowelę o pierwszym sekretarzu, notuje na fiszkach tysiące zastępczych określeń. Przywódca Narodu. Jaśnie Pan. Król Ćwieczek. Nie wie, co brzmi lepiej: Książę Pepi czy Franciszek Józef? Aleksander Wielki czy też Cesarz Chiński? A może Król Błot? Deszczu? Trawy? Mgły? Lodu? Lub Śniegu? Nikt nie opisał rosnącego zwątpienia i strachu, przepisywania dynastii i rodów panujących, studiowania herbarzy i pocztów, wielogodzinnej męki wątpliwości, kto bardziej szyderczy: Ferdynand Wspaniały czy Król Maciuś I, oraz czy tytuł *Gdyby odwiedził was Włodzimierz Iljicz?* będzie zrozumiały po przetłumaczeniu na języki obce.

Czułem, jak te nie zapisane strachy gromadzą się we mnie. Ja, skulony nad rewersem fiszki szeregowiec nauki, czułem, jak strachy mieszkające we mnie biorą się do pisania, jak gdzieś w głębi trzewi, duszy rozpoczynają pisanie bełkotliwej dysertacji, pracy zbiorowej, monografii strachu, nieczytelnych dziejów literatury przerażenia, jak sporządzają antologie drżących ze strachu bohaterów książek, jak piszą o odganianiu koszmarnych tematów, zmienianiu realiów, ukrywaniu manuskryptów, o strachu kułaków, działaczy państwowych i mas pracujących, o strachu nieustraszonych, o strachu poetów przemierzających miasto w poszukiwaniu podziemnych oficyn... i zdałem sobie sprawę, że docieram do kresu, i już nawet szeptem nie próbowałem okłamać siebie, choć wiedziałem, że jeśli kroki, które słyszę, są jego krokami, jeśli za sekundę w towarzystwie władz miasta, uczelni i stronnictw politycznych znajdzie się w zasięgu wszystkich moich zmysłów, uniosę do góry notatki dotyczące zmarnowanych szans polskiego socrealizmu, uniosę je ku górze i zasłonię się nimi, aby nie było widać strachu wypisanego na mnie, aby dziejów mego przerażenia nie dało się odczytać ze mnie jak z obustronnie zapisanej fiszki.

Nie wiem, jak się zachowam, szeptałem sam do siebie i bałem się, iż szloch daremnie wstrzymywany targnie mymi wnętrznościami i padnę mu w ramiona, i zanurzę twarz w chłodnej ławicy baretek, i wyznam wszystko, dzieje mego życia, dzieje przerażenia, wyśpiewam litanię moich strachów i chociaż w rozsypkę pójdzie ich hierarchia, gorączkowe zdania poczną występować ze mnie. Boję się niesłychanie wielu rzeczy. Sezonów eksplozji oraz sezonów wirujących czapek. Mojej żony Anny P. i spojrzeń Ewuni rocznik 37. Pielęgniarek z oddziału intensywnej terapii i rękopisów jeszcze nie opublikowanych, nie podjętych uchwał. Kiedy zaczynam wyliczanie rzeczy, które budzą we mnie lęk, ogarnia mnie przerażenie, przypominam sobie słowa zapisane na rewersie fiszki. Nie wiem, jak się zachowam, szeptałem sam do siebie i bałem się, że zacznę mówić o winach nie popełnionych, nie odczuwanych tęsknotach, że wyprę się swego życia i pocznę bluźnić przeciwko dzieciństwu. Dzieciństwo zmarnowałem zupełnie, słyszałem samego siebie, jak łkam z rozbrajającą szczerością — a przecież były to brzemienne w wydarzenia lata pięćdziesiąte. Ach, czemuż nie byłem wtedy cudownym berbeciem? Czemu nie wręczałem kwiatów Prezydentowi Bierutowi? Czemu nie brały mnie na ręce cycate aktywistki? Czemu nie czytałem mych dziecięcych wierszy na uroczystych akademiach, zlotach? Czemu nie zostały mi z tamtych czasów pamiątki, fotografie, ciężkie jak ołów radzieckie zabawki? Kto temu jest winien?

I gdy uniosę twarz ku górze jakby w nadziei, iż usłyszę odpowiedź, która zdejmie ze mnie brzemię mego strachu, niczego nie ujrzę ani nie usłyszę. Ostateczna prawda będzie jeszcze inna i nie zapiszę jej nawet na rewersie fiszki. Nie wybuchnę płaczem, nie zasłonię się tarczą notatek, nie odejdę w przeciwny kąt sali, nie okażę przesadnej ani pozornej skwapliwości i nie wykrzyczę bezładnej litanii mego przerażenia. Wyprężę się jedynie w mistrzowsko, choć chałupniczo opanowanej postawie zasadniczej — ale i w niej nie wytrwam, gdyż jeśli tylko bijąca odeń fala ładu i porządku uderzy we mnie, w skorupę mego ciała, która niczego poza strachem kryć w sobie nie będzie, ciało moje zwiotczeje, przestanie stawiać jakikolwiek opór, ruchy nabiorą niepokojącej miękkości, oczy zasnuje opar uniesienia i wyciągając omdlewającą dłoń, szepnę spazmatycznym szeptem przedwojennych aktorek: — Panie Władzo, kocham pana...

Mój uśpiony strażnik

Nazywam się Beniowski. Nie lubię podróżować.
Całe moje życie to unikanie wyjazdów, uciekanie
z delegacji, wyskakiwanie z ruszających pociągów,
wysiadanie na pierwszym przystanku i byle jakie po-
wroty do domu. Wracam za każdym razem w inny
sposób, wstydzę się kolejarzy i pasażerów, którzy
mogliby mnie rozpoznać, pokonuję podmiejskie
pola uprawne, ogrody i nieużytki. Czasy, w których
żyję, nie sprzyjają podróżowaniu. Zmiany w życiu
codziennym służą umacnianiu świętego spokoju.
W sercu miasta, w którym pracuję, wstrzymano
ruch. Nowe osiedle, w którym mieszkam, oddzie-
lone jest od centrum polami i mokradłami. Z okien
widzę spokojną architekturę rozległych traw, naru-
szoną przez dźwigi i spychacze. Gdy okoliczności
służbowe zmuszają mnie do wyjazdu, wychodzę
z domu o świcie. Po dwugodzinnej uporczywej węd-

rówce docieram do dworca. Ciała śpiących wydają wtedy intensywny, odczuwalny nawet na ulicy zapach. Ociężałe szczury wracają do legowisk, kurz unosi się razem ze światłem. Niekiedy rezygnuję w ostatniej chwili. Ruszający pociąg odsłania piętrzące się po przeciwnej stronie magazyny i kościoły, ja zaś dalej tkwię na peronie. Gdy mimo wszystko zdecyduję się zająć miejsce, natychmiast zapadam w pełen trwogi sen. Rozbudzony, wykonuję jak najmniej ruchów, a całą świadomość skupiam na rzeczach widocznych z okna. Wzrok mój przyciągają zaciszne i stojące na uboczach domy, wille ledwo widoczne zza masywnych żywopłotów i dymiącego horyzontu. Prowadzą do nich dobre betonowe drogi i wygodne podjazdy. W gościnnych pokojach na piętrze ciągle zmienia się pościel, a piwnice są od niepamiętnych czasów bogato zaopatrzone. Na kilka chwil staję się gospodarzem tych posiadłości. Moi przyjaciele (skandalistki spowijające swe błahe ciała w spadochrony chust ludowych i siłacze trwoniący zdrowie w bibliotekach) zamieszkują u mnie. Przywożą rękopisy nie ukończonych doktoratów, roczniki starych pism sportowych i kufry pełne niesymetrycznych sukienek. Wysypiają się do syta, dokonują korekt i niezbędnych retuszów, a popołudnia mijają nam na wielogodzinnych biesiadach.

Nazywam się Beniowski. Powietrze, którym oddycham, stawia opór. Ciało woli bezruch nocy od gwaru dnia. W rozmaitych okresach życia próbo-

wałem zmieniać ten porządek, ale nie trwało to
długo. Noce, w czasie których czuwałem, nie były
owocnymi nocami. Na dnie wytężonej uwagi czaił
się głód snu. Sen w świetle dziennym był płytki
i niewystarczający. Chłód nocy usypiał. Gorączka
dnia nie pozwalała zasnąć. Jestem człowiekiem zbyt
słabym, aby przeciwstawiać się nawet ledwo wyczu-
walnym rytmom natury. Zasypiam wieczorem
i budzę się rano. Godziny przebudzeń bywają rozmaite. Budzę się o świcie, budzę się także koło południa. Zasypiam wczesnym wieczorem lub głęboką
nocą. Mogę sobie na to pozwolić, ponieważ mam
nienormowany czas pracy. Pracuję w Przedsiębior-
stwie Projektowania i Dostaw Urządzeń Ochrony
Powietrza. Po ukończeniu studiów mogłem otrzymać pracę w Centralnej Mieszalni Betonów lub
w Wytwórni Torebkowych Produktów Rolnych.
Wybrałem jednak powietrze. Mój gabinet znajduje
się na trzecim piętrze. Nade mną strych i masy powietrza, które są przedmiotem troski mojej i pozostałych pracowników. Nazywam się Beniowski. Życie moje jak dotąd nie obfitowało w wydarzenia
godne zapamiętania. Nie przechodziłem groźnych
chorób, ominęły mnie katastrofy. Rewolucje, których byłem świadkiem, miały przebieg flegmatyczny
i nużący. Kobietę, która została moją żoną, poznałem we wczesnej młodości. Nasze narzeczeństwo
trwało wiele lat i chwila pierwszego zbliżenia znik-
nęła gdzieś wśród długotrwałych przygotowań.

Nigdy jej nie zdradziłem. Nie znam żadnego sekretu. Śniadanie jest moim najobfitszym posiłkiem. Przeważnie jadam makaron z sosem, polskie jedzenie, myślę, jedząc, polskie jedzenie, właściwie nie myślę, raczej bezgłośnie te słowa wypowiadam, makaron w poświacie tłuszczu rozpycha brzuch, tanie słodkie wino musuje we mnie, rozbudza i usypia, podnieca i uspokaja. Nazywam się Beniowski. Dokumenty, fotografie i rękopisy pochodzące z czasów, w których się urodziłem, świadczą, iż była to epoka żmudnej odbudowy. Na fotografiach brygadziści stoją pomiędzy stosami cegieł, obnażeni do pasa traktorzyści uruchamiają ciągniki, a pociągi pełne ochotników ruszają ku nie zagospodarowanym terenom. Z pożółkłych świadectw zdrowia wyłania się wizerunek mojego ciała. Ważę osiemdziesiąt kilo. Nie zawodzą mnie zmysły. Dobry wzrok pozwala na rozróżnianie odległych szczegółów. Na pierwszy rzut oka trudno dostrzec we mnie ślady słabości. Jednakże brak ścisłej dyscypliny w odżywianiu, papierosy, niewielkie ilości alkoholu i szereg innych drobnych wykroczeń przeciw samemu sobie — to wszystko może objawić się w postaci przykrych konsekwencji późnego lub nawet średniego wieku. Zapewne wszelkie naruszenia rytmu są rejestrowane przez nieznaną, koloidalną lub limfatyczną buchalterię i gdy suma jest wystarczająco wysoka, trzeba zapłacić dług i wydać swe ciało chorobie, z którą walka, prowadzona przez zmęczonych lekarzy, najczęściej bywa daremna. Nazywam się Beniowski. Dusza moja, w której istnienie nie bardzo wierzę, zgromadziła w pokładach swej powietrznej substancji urazy, jakich doznałem, rozczarowania, jakie przeżyłem. Natrętne i bezsensowne myśli utrzymują się na jej powierzchni niczym niezniszczalne piłeczki pingpongowe przeznaczone na ofiarę wodzie. Być może kiedyś sprawy te, wyzwolone przez ślamazarną starość, staną się przyczyną sklerotycznego pomieszania zmysłów. Jeśli, rzecz jasna, dożyję ślamazarnej starości. Jeśli nie pójdę wcześniej do ziemi. Jeśli nie pochłonie mnie góra gówien. Może na końcu fizjologia, a nie duch świetlisty, daje znać o sobie, może wstępujemy w śmiertelnej koszuli na niebotyczną piramidę odchodów, może Bóg istotnie schodzi na ziemię, świecąc latarką światła dziennego, i oznacza tym światłem szczątki kiedyś do nas należące, nasze włosy rozsypane w łazienkach, szpitalach, hotelach, obcięte paznokcie, starty naskórek, wyplute zęby, ziarna łupieżu, krople łez, krwi i potu, może to wszystko zostanie nam zwrócone albo też my zostaniemy zwróceni temu żywiołowi. Jeśli w ogóle istnieje coś poza najprymitywniejszą formą nieobecności. Wracający z tamtej strony przeważnie niczego nie pamiętają. Jest ich zresztą coraz więcej, liczba zmartwychwstańców wzrasta niebywale, co dnia bywają reanimowani, wyzwalani z objęć śmierci klinicznej, przywracani do stanu przytomności; można by sądzić, że nawet tam organizuje się już wycieczki zbiorowe w miejsce dawnych sporadycznych i samotnych wypraw. Ich chaotyczne opowieści nie dają jednak zaświatom wiarygodnego świadectwa. Niektórzy wspominają o ogromnym pulsującym płaszczu ciemności, spod którego trzeba się wydobyć, inni opisują tłum umarłych, ciepło tego tłumu, łagodny szmer rozmów, szelest starych ubrań. Jeszcze inni mówią o ciemnym tunelu, o niesłychanym locie, o ich własnym ciele leżącym martwo na stole operacyjnym. Nazywam się Beniowski. Gdy miałem siedem lat, ojciec jednego z moich kolegów postanowił umrzeć i zmartwychwstać. Był to milczący i siwy mężczyzna pracujący na poczcie. Szaleństwo jego narodziło się podczas długich i pełnych udręki godzin bezsenności. Kolejnej nocy, gdy sen nie nadchodził, a szum rzeki i szmer lasu stawały się nie do zniesienia, człowiek ten wstał i ruszył w góry. Odnaleziono go dopiero po kilkunastu miesiącach, gdy ciało zdążyło się już w pełni zbratać z zieloną gwiazdą lasu. Ironiczna historia tego w połowie udanego eksperymentu (udało mu się umrzeć, nie udało mu się zmartwychwstać) do teraz rozbudza moją wyobraźnię. Zapewne długo błądził. Gdy wreszcie odnalazł dobre miejsce, położył się i pogrążył swe ciało w żywiole ustającej regularności. O wiele szybciej, niż mógł przypuszczać, zasnął. Potem jego ciało długo leżało bezwładne i nieruchome. Gdy nadszedł czas przebudzenia, drgnął, obrócił się twarzą do ziemi, spazm i skurcz przetoczyły się burzliwie wewnątrz niego i nic więcej nie nastąpiło. Świadomość nie zdołała się już wydobyć na powierzchnię coraz cięższej, coraz chłodniejszej kry ciała. Nazywam się Beniowski. Świat istniejący nie sprawia mi kłopotów. Nawet gdy brakuje kalendarza, zegara lub kierunkowskazu, czuwają nade mną transparenty, afisze, gazety i przypadkowi — ale dobrze znający swe miejsce — przechodnie. Być może istnieją oni po to, aby w razie zapaści zmysłów służyć mi pomocą. Ich ciągła obecność, ustawiczna gotowość do niesienia ratunku, do stanowczego powstrzymywania od skoku w pozbawioną wszelkich danych pustkę, każe przypuszczać, że są do tego powołani. Nazywam się Beniowski. Imiona dni, miesięcy i lat są zapisane wszędzie, nawet na murach pokrytych niezniszczalnym stalinowskim tynkiem. Gdy znajduję się w centrum miasta, bez trudu i na pierwszy rzut oka odróżniam piłkarską środę od niedzieli czynu partyjnego, wolną sobotę od dnia zwycięstwa. Ruchliwa architektura miasta układa się zgodnie z rytmem tych dni, światło naturalne ma wtedy inne natężenia, a kobiety inne sukienki. Mimo to co pewien czas przychodzi moment utraty zmysłów. Zbiera się na burzę. Chmury i ściany zachodzą na siebie. Tramwaj przejeżdża przez ich wietrzejące krużganki. Biała trawa ciemnieje. Piłkarze przerywają mecze. Rowerzyści nachylają życiodajne dynama. Popołudnie.

Wieczór. Noc. Tak jak pod gęstym płaszczem ciemności, spod którego nie sposób się wydobyć. Wtedy śpieszą na pomoc. Znikąd pojawiają się moi strażnicy, przypadkowi przechodnie, nieznane głosy w słuchawkach, po ojcowsku wyrozumiali spikerzy. Ich gesty nie zdradzają śladu paniki, spokojnie objaśniają porę dnia lub nocy, rzeczowo określają moje miejsce na kruszejącym kontynencie. Nazywam się Beniowski. Zdaję sobie sprawę, że pogrążając się w gruntownym rozważaniu tych przypuszczeń, dojdę do podporządkowania sobie całej historii i wszelkich wynalazków ludzkości. Dojdę do wniosku, że wszystko istnieje ze względu na mnie. Ale być może świat urządzony jest w ten właśnie sposób. Nie czytałem żadnych książek o sposobach jego istnienia. Terminy i nazwy, które przychodzą mi na myśl, błąkają się w sposób niewytłumaczalny po powikłanych szlakach mojej pamięci. Może świat nie jest snem, nie jest wyobrażeniem, nie jest bytem samym w sobie, ale trwa dzięki morderczej pracy tysięcy dekoratorów. Może zachowuje sens dzięki czujności całych zastępów podpowiadaczy. Może to oni zapewniają kilkudziesięcioletni żywot wśród dobrze znanych ulic, budynków i mebli. Niektórzy całe dziesiątki lat oczekują chwili, w której podpowiedzą godzinę, niektórych nigdy nie spotkam, ich służba poprzez swoją bezinteresowność jest najszlachetniejsza, trwają w miejscach, do których nigdy nie dotrę, można by pomyśleć, że nic ich ze mną nie łączy, a więc że ich nie ma, oni jednak istnieją. Nazywam się Beniowski. Nie lubię podróżować. Krew, która we mnie krąży, czyni to ospale; wolałaby wybrać bardziej wiarygodny stan skupienia. Z okien widzę rozległą architekturę traw, naruszaną przez dźwigi i spychacze. Moi strażnicy odpoczywają w ich cieniu. Na rozgrzanej blasze schną ich drelichowe kurtki. Nazywam się Beniowski. Co zrobię, gdy utrata zmysłów nastąpi w labiryncie obcych zaułków, poza obszarem znaków i wskazówek, gdy ściany i chmury połączą się ze sobą, gdy nie zapadnie noc ani nie nastanie dzień. Bractwo asekuracyjne jest niezliczone (sam należę do jego szeregów), co jednak stanie się ze mną, gdy ten, którego pieczy zostałem powierzony, zawiedzie. Gdy straci panowanie nad swym chybotliwym ciałem i rzuci się do panicznej ucieczki? Nazywam się Beniowski. Jeśli możliwy jest taki zbieg okoliczności, jeśli możliwe jest ominięcie posterunków, przebycie wpław rzek granicznych, przemknięcie poza kręgami ognisk, jeśli możliwe jest dotarcie do terytoriów pilnowanych przez inne straże, niech nie stanie się to moim udziałem. Nigdy nie sprawiałem najmniejszej nawet fatygi władzom poznawczym. Moja powściągliwość w penetrowaniu świata niech więc zostanie nagrodzona. Niechaj ci, którym w obsłudze rzeczywistości nigdy nie sprawiłem kłopotu, nie każą mi przebijać zasłony. Nazywam się Beniowski. Myśl o nich nie budzi we mnie lęku. Jestem jedynie ciekaw: kto nie podoła zadaniu? Jak będzie wyglądał mój uśpiony strażnik? Nazywam się Beniowski. Czy to będzie kobieta, czy mężczyzna? Chwila spotkania zbliża się nieuchronnie. Nabieram niczym być może nie uzasadnionej pewności, iż ktokolwiek (kobieta? mężczyzna? dziecko?) zapytany o drogę lub godzinę straci panowanie nad swym chybotliwym ciałem. Rzuci się do panicznej ucieczki, której nieoznaczony szlak pobiegnie w głąb miasta, w coraz duszniejszy zapach cegły, wapna i kamienia. Przezwyciężając lęk, ruszę jego tropem. Ciemności ustąpią, architektura obniży się, a nieznane powietrze wypełni płuca. Zwolnię kroku. W jasno oświetlonych wnętrzach, przez szeroko otwarte okna ujrzę reperujących nieużywane przedmioty. Na ścianach pociemniałe dzieła dawnych mistrzów. Kobiety, których ciała nigdy nie zmierzyły się ze słońcem, przymierzać będą szeleszczące jak pergamin suknie. Wędrowni czeladnicy rozpoczną szykowanie drewnianych balii i koryt, kamiennych żaren i rozgrzanych do białości narzędzi. Na dziedzińcach rozebrani do pasa mężczyźni okuwać będą promieniste koła żelaznymi obręczami. Uruchomione będą maszynki spirytusowe i oczyszczone lampy naftowe. Mój przewodnik przepadnie w labiryntach parterowych domów. Dzielnica obniży się aż ku łagodnie szumiącej rzece. Gdzieś znad jej brzegów wyruszy w powietrze dywanowy nalot helikopterów. Z ich pordzewiałych brzuchów rozpocznie się karkołomny wyładunek fortepianów, konsol i lichtarzy. Nazywam się Beniowski. W pierwszym odruchu pomyślę, że trwają tam przygotowania do powszechnej awarii, i postanowię zawrócić. Dopiero następnego dnia zrozumiałem, że teraz wszystko jest już gotowe, że trwa tam upalne galicyjskie lato, koła powozów turkoczą na gościńcach, a delegacje mieszkańców witają na dworcach przejeżdżających imperatorów.

Nasza i Wasza. Przemówienie okolicznościowe

Od dnia 13 marca 1985 roku, to jest od dnia pochówku Konstantego Ustinowicza, nękają nas alegorie odwilży. Na pytanie: „Dlaczego akurat od dnia pochówku Konstantego Ustinowicza?" nikt jak na razie, nawet pisarzyna podziemny, nie umie odpowiedzieć. Jedni wysuwają na plan pierwszy zacny charakter nieboszczyka, który tak za życia, jak i po śmierci nie wadził nikomu. Drudzy powiadają, że to czysty przypadek i że pochówek Konstantego Ustinowicza nic tu do rzeczy nie ma, a jeśli już, to pochówek Józefa Wissarionowicza należałoby przypomnieć, bo nadal — niczym mroczny archetyp — ciąży nad nami. Jeszcze inni twierdzą, że to wszystko mrzonka, brednia i imaginacja. Fakty zaś pozostają faktami. Umarł Leonid Iljicz, pochowali go, a my nic. Umarł Jurij Władimirowicz, pochowali go, a my nic. I dopiero gdy umarł Konstanty

Ustinowicz (do którego zresztą faktycznie nikt z nas osobiście nic nie miał), wzięło nas — jeśli można się tak wyrazić — bezpowrotnie. Gdy w chwili składania doczesnych szczątków nieszczęśnika do mogiły rozległy się salwy artyleryjskie, usłyszeliśmy je aż nazbyt wyraźnie. Pogasiliśmy radia, telewizory, pozamykali okna i słyszeliśmy je nadal. Wibrujące głowiny pod kocykami, podusiami i pierzynkami ukryliśmy i nic nie pomogło, palba rozlegała się raz po raz, tak jakby gdzieś w samym środku naszych dusz, tak jakby w nas znalazły się wszystkie te miasta, w których przyodziani w żałobę czerwonoarmiści odpalali lonty: Moskwa, stolice republik związkowych, miasta bohatyry, Leningrad, Wołgograd, Odessa, Sewastopol, Noworosyjsk, Kercz, Tuła, Twierdza bohater Brześć, a także Kaliningrad, Lwów, Rostow nad Donem, Kujbyszew, Swierdłowsk, Nowosybirsk, Czyta, Chabarowsk, Władywostok i Krasnojarsk. I kiedy zatrzymano na pięć minut pracę wszystkich przedsiębiorstw i instytucji na całym terytorium, z wyjątkiem przedsiębiorstw pracujących w ruchu ciągłym, poczuliśmy, że i w nas ustaje życie, a potem, gdy rozległy się syreny w fabrykach, na kolei, statkach żeglugi morskiej i rzecznej, nasze kruche, jakby sklecone z patyczków serduszka zaczęły się straszliwie powiększać; pojmowaliśmy z wolna, że dzieje się coś jeszcze, że nie tylko o uroczysty pochówek Konstantego Ustinowicza chodzi. Spływało na nas wzruszenie za wzruszeniem, nasze skacowane serduszka były już wielkie niczym sale obrad, robotnicy dekorowali je obrazami wypożyczonymi z licznych filii centralnego Muzeum Włodzimierza Iljicza. Słychać było głośne próby techniczne systemów alarmowych, Wydział Handlu wprowadzał zakaz sprzedaży i podawania we wszystkich punktach napojów zawierających powyżej 4,5 procent alkoholu, administratorzy budynków dekorowali miasto, w kolegiach do spraw wykroczeń pośpiesznie wprowadzono tryb przyśpieszony, Jan Jelonek przywdziewał ważący 37 kilogramów kostium Lajkonika i wyruszał z Salwatora na odwieczne harce. Trwał nieustanny artyleryjski salut. W Warszawie, Chełmie, Kołobrzegu, Szczecinie i Zgorzelcu, a także w miastach stanowiących siedziby dowództw okręgów wojskowych i rodzajów sił zbrojnych, w Bydgoszczy, Wrocławiu, Poznaniu i Gdyni, oddawano po 24 salwy, ale nie mieliśmy pewności, czy oddawano te salwy na rozkaz ministra obrony narodowej, czy też samowolnie. Jakiś nieśmiały świergot rozlegał się w naszych gardziołkach, jakiś dawno zapomniany zapach unosił się w powietrzu i chociaż flagi na budynkach siedzib organów władzy i administracji nadal były opuszczone do połowy, choć księgi kondolencyjne w ambasadach i konsulatach były nadal wyłożone, choć Prezydia Rządów Państw Stron Układu nadal wyrażały żal i ubolewanie, choć napływały jeszcze depesze kondolencyjne, to szczerze mówiąc, nikt już o nieboszczyku nie myślał, jużeśmy wszyscy — wstyd w gruncie rzeczy przyznać — zapomnieli o nim, już on tam sam biedaczyna-sekretarzyna do wieczności się przenosił, czołgał się szlakiem swych poprzedników i z wolna ulegał wielkiemu przeistoczeniu, pełzł tam, gdzie wysłał go Komitet Centralny jego Partii, przeistaczał się w to, w co miał się przeistoczyć, w miasto, w sowchoz, w kombinat, w pałac pionierów. Dalekopisy dalekowschodnich agencji jeszcze milczały, ale my jakimś cudem jużeśmy wiedzieli, że w uznaniu zasług i dla uczczenia pamięci postanowiono nadać jego imię miastu Szarypowo w Kraju Krasnojarskim, Rejonowi Szeldaneskiemu w Republice Mołdawskiej, a także sowchozowi w Kazachstanie, pałacowi pionierów w Penzie, strażnicy granicznej we wschodnim okręgu granicznym oraz morskiemu statkowi pasażerskiemu. Ci spośród nas, którzy obdarzeni byli ruchliwą wyobraźnią, widzieli już nawet, jak dymy i chmury nad Szarypowem układają się w kształt łudząco przypominający siwą czuprynkę Konstantego Ustinowicza. Pisarzyna podziemny, zwany także pisarzyną antyreżymowym, zapamiętywał sobie wyrażenie „czuprynka Konstantego Ustinowicza", zapisywał je w swoim notesiku, przez chwilę myślał o miastach przeistaczających się w przywódców, o przywódcach przeistaczających się w miasta, wyobraził sobie mury, dachy, ulice, architekturę skłonną do niepokojącej antropomorfizacji, ujrzał ścianę, której pęknięcia tynku zdawały się tworzyć mozaikę przypominającą oblicze Leonida Iljicza, ujrzał nawet, jak wśród widmowych prospektów błąka się wiecznie pokutujący duch Nikity Siergiejewicza, ale nie trwało to długo, co tu o Nikicie Siergiejewiczu myśleć, skoro kto inny nadchodzi, co tu Konstantego Ustinowicza żałować, skoro kto inny w miejscu nie ustoi. Kto zległ, niech leży, moja nóżka niech bieży, zanucił pisarzyna, bo ujrzał to, cośmy wszyscy ujrzeli. Ci, co zlegli, niech leżą, nasze nóżki niech bieżą, zanuciliśmy wszyscy, bo mimo iż radia i telewizory nadal były pogaszone, okna zamknięte i głowiny nadal w pościel wtulone, widzieliśmy aż nazbyt wyraźnie, iż istotnie Alegoria Odwilży ku nam zmierza, i istotnie widać było, że w miejscu nie ustoi, szparkim krokiem podążała, towarzyszące jej piękne jak sen niewiasty ledwo jej kroku dotrzymywały, na razie jednak nie przypatrywaliśmy się niewiastom, najwięksi spośród nas znawcy towaru na razie nie przypatrywali się niewiastom. Nadchodzącej Alegorii wszyscy się przyglądali, bo istotnie coś w niej było, coś w niej siedziało, istotnie jakiś wewnętrzny ogień ją trawił i widać było, że być to musi nie byle jaki ogień, skoro na wierzch wychodzi, skoro na pokrywie czaszki sinym, niby to lodowatym, niby to żarzącym znamieniem się odznacza. Ciekawość nas brała na widok tego hieroglifu; jednym schyłek zetempowskiej młodości, drugim profil Izoldy Izwickiej, jeszcze innym nagłówek krążącego w odpisach referatu Nikity Siergiejewicza przypominał; jeśli jednak idzie o generalną wykładnię, to chyba zgadzaliśmy się wszyscy, już zresztą dały się słyszeć ostrzegawcze głosy, by unikać szczegółowych sporów, nie tracić czasu, nie powtarzać starych błędów. Odwilż, odwilż, odwilż, śpiewały bez względu na ewentualne różnice zdań pomiędzy fachowcami nasze gardziołka i wszelkimi dostępnymi środkami głosiliśmy chwałę Nadchodzącego Orszaku. Dzień 13 marca 1985 roku uwiecznialiśmy w naszych dzienniczkach-pamiętniczkach, a raczej nasze już chyba tysiąc razy rozpoczynane dzienniczki-pamiętniczki raz jeszcze od tego dnia rozpoczynaliśmy. Prawie że zgodnym ruchem wyrywaliśmy zapisane po 13 grudnia strony i zaczynaliśmy na nowo. Wyjątki zdarzały się jak zwykle, bracia najniżej upadli starali się zapisać choć parę zdań na papierowych serwetkach, bracia protestanci schludnym pismem marginesy kalendarza ewangelickiego pokrywali, tancerki z harcerskiego zespołu pieśni i tańca „Gawęda" notowały coś pomiędzy nutkami śpiewniczków, nie naruszało to jednak zasadniczej zgodności gestu i pisarzyna podziemny, widząc, jak nasze amatorskie i pozbawione literackiej obróbki opisy pierwszych dni stanu wojennego lądują w kubłach na odpady, doznawał uczucia goryczy. Przypominał sobie, ile to już razy ich początki precz wyrzucaliśmy, pomyślał, że dałoby się z tych początków wielką księgę przełomowych momentów ułożyć, pomyślał o tym z goryczą, ale, jak to powiadają, nie ma goryczy bez słodyczy, pocieszał się, że nasz diarystyczny zapał wnet wygaśnie i być może tym razem, odwołując się do naszych najnowszych zapisków — jeśli je zgromadzi, jeśli do nich dotrze — napisze Wielką Księgę Odwilży, ułoży z nich niczym z fragmentów mozaiki ogromny wizerunek Alegorii Odwilży, utka przecudny gobelin przedstawiający stojącą pod drzewem niewiastę o niewiarygodnym spojrzeniu, do jej stóp łaszą się zwierzęta, spływa na nią deszcz kwiatów, kłosów, ptasich skrzydeł i krople ożywczych ambrozji, otaczające zaś jej ramiona świergotliwym rojem putta mieć będą twarze odsuniętych od władzy członków biura politycznego lub twarze u; choć z tym akurat byłby pewien kłopot, pisarzyna należał do tych nieszczęśników, którzy, jak dotąd, u na oczy nie widzieli. Wszyscy mówią: u, u, od każdego to słyszę, a ja ani razu u nie widziałem — nieustannie powtarzał parafrazę pierwszego zdania Wieniedikta Jerofiejewa; teraz też niby na nadciągający orszak spozierał, niby gobelin przedstawiający ponętną personifikację dziergał, ale jeśli to czynił, to jednym okiem, bo drugim z całej siły u znajdujących się opodal wypatrywał; było jasne, że niejeden u musi opodal się znajdować, tak jak my Alegorii wypatrywać, jej sens po swojemu sobie wykładać. Pisarzyna z determinacją głowę unosił, poduszki, koce i kołdry precz odrzucał, wszystko na darmo. U, u, od każde-

go to słyszę, a ja sam ani razu u nie widziałem, wyszeptał raz jeszcze parafrazę pierwszego zdania
Wieniedikta Jerofiejewa i pomyślał, że w gruncie
rzeczy ani on, ani nikt spośród nas nie może z czystym sumieniem tej parafrazy wygłaszać, bo przecież widzieliśmy, musieliśmy widzieć, a jeśli prawdą
jest choć część tego, co się mówi, to nie tylko widzieliśmy, ale i znaliśmy dobrze, wódkę z tonikiem
w drink-barze „Wielkie Tyrnowo" wspólnie piliśmy
i zwierzenia niejednemu czyniliśmy, a jeśli prawdą
jest to, co mówią o niektórych naszych byłych na-
rzeczonych, także łoża z wysoko postawionymi
u dzieliliśmy. Niemniej pewności nie mając nigdy,
nigdy nie mieliśmy pewności, że ten a ten to u rzeczywisty, co najwyżej przypuszczenia, domysły,
a i to nie z siebie, z własnych obserwacji wysnute,
lecz przez innych poczynione. Nikt nam nigdy nie
pokazywał wiarygodnych papierów, żaden z przyjaciół byłych i obecnych nie zwierzał się ze swego
mrocznego posłannictwa, również nasze byłe na-
rzeczone, co do których mieliśmy pełne prawo
przypuszczać, iż żaden z ich sekretnych obyczajów
nie stanowi dla nas tajemnicy, nie pisnęły słowem.
Oczywiście wielkich, sławnych i w imię ważnych
idei już zdemaskowanych u — owszem — widzieliśmy. Widzieliśmy ich portrety wiszące na murach,
czytaliśmy ich autobiografie wydane nakładem
„Książki i Wiedzy", słuchaliśmy wywiadów, jakie
przeprowadzały z nimi opalone prezenterki, ale

przecież wiadomo, że nie o nich idzie, że idzie o tych dalekich, a bliskich, niewidzialnych, a cielesnych, nieznanych, a znajdujących się w zasięgu ręki, to ich właśnie dotyczy proponowana przez pisarzynę parafraza pierwszego zdania Wieniedikta Jerofiejewa, to ich właśnie „nikt ani razu nie widział", choć wszyscy zarazem ten u, ów u nieustannie powtarzają, gigantyczne historie opowiadają, fantasmagoryczne fabuły ze znawstwem snują. Nawet pisarzyna podziemny, który, jako się rzekło, z całą pewnością nigdy u na oczy nie widział, również mógłby parę prastarych klechd przytoczyć, choćby tę o zagubionej odznace albo tę o starym u, który wezwał przed swe oblicze trzech synów, tęgich jak on u, i rzecze. Nawet pisarzyna mógłby to uczynić, nie mówiąc o nas, którzyśmy tysiące takich historyjek znali, słyszeli i opowiadali. I gotowiśmy byli przypominać i przepowiadać je sobie po to choćby, by coraz bardziej nas palącą ciekawość ostudzić, po to choćby, by ich narastający szmer zagłuszył wciąż nazbyt wyraźne artyleryjskie saluty. Ciekawość paliła nas niewypowiedzianie, bo niby wszystko jasne było, bo niby ogólna wykładnia alegorii nie budziła cienia wątpliwości, ale przecież ciekawiśmy byli, jakie będą pierwsze posunięcia. Czy przemówi do nas i w jakim uczyni to języku? Czy nakaże stopniowe odchodzenie od systemu reglamentacyjnego? Czy przegna demony? Czy anuluje ostatnią zmianę cen niektórych artykułów? Czy spełniony wreszcie zostanie postulat, by górale otrzymywali deputaty sukna na spodnie? Czy potwierdzi pogłoski o mającej nastąpić pełnej edycji utworów Witolda Gombrowicza? Czy zapowie widoczne zwiększenie importu kubańskich pomarańczy? Kształt istotnie przypominający kubańską pomarańczę dzierżyła postać w dłoni, ale powiadali też, że to nie kubańska pomarańcza, ale kanister ze święconą wodą, i że wszystko od wielkich egzorcyzmów, od przeganiania demonów się zacznie. I niemało było takich, co się jawnie radowali, co powiadali, jak jest, niech jest, ile kosztuje, niech kosztuje, niech nie będzie Gombrowicza, niech nie będzie sukna, niech nie będzie pomarańczy, byle demonów nie było, byle je przegnali; i ciężko było nie przyznać im racji — demonów faktycznie było zatrzęsienie: i co specjalnie ciekawe, nic tej plagi nie zapowiadało, gdzie jak gdzie, wydawało się, ale u nas nie ma dla nich miejsca, a miejsca nie tylko okazało się w bród, ale i właśnie w najbardziej nieoczekiwanych miejscach potrafiły się gnieździć. W lokalach centralnych zarządów, w magazynach ubiorów ochronnych, w wilgotnym mroku czasowo zaniechanych inwestycji z łatwością wiły swe siedziby, nieustannie słychać było szum ich mokrych skrzydeł, wyłażą spod ziemi, jak nietoperze wiszą na każdej chorągwi, brzuchami przywierają do liter transparentów, przemykają pod stoiskami nabiałowymi, ubielone wapnem pełzną wzdłuż rusztowań, zdychają na kratach kanałów,

pod pomnikami romantyków kochanki skamandrytów sypią im ofiarne okruchy. Nie byłoby więc
rzeczą złą, gdyby wreszcie ktoś je przegnał, przeciw
nim swój święty gniew skierował, choć przecież nie
ze świętym, lecz raczej z piekielnym gniewem mogliśmy mieć tu do czynienia; powiadali też, że całkiem
nieduchowa pod alegoryczną sukienką kryje się
osoba, że ani kubańskiej pomarańczy, ani kanistra
ze święconą wodą nie niesie, ale że metrową miarką
tnie powietrze, przekleństwami miota, że lada
chwila stojącym na czele państw stron układu ręce
przed siebie wyciągnąć każe i — niczym oszalała
wychowawczyni — po łapach tłuc ich zacznie. Bali-
śmy się wszyscy, czując, iż jeśli to prawda, obłęd
wszystkich pomylonych imperatorów może mieć
do niej dostęp i nie tylko przeciw stojącym na czele,
ale i przeciw nam może się obrócić. Nie wyróżnia-
liśmy się niczym i było raczej wykluczone, żeby
przeciw nam miano konkretne zarzuty, ale przecież
mogliśmy zostać dla przykładu ukarani. Mogliśmy
paść w akcji przykładowej. Dzień 13 marca 1985
roku, owszem, był dniem pochówku Konstantego
Ustinowicza, owszem, był dniem, w którym po raz
chyba tysięczny rozpoczynaliśmy nasze dzienniczki-
-pamiętniczki; ale był też dzień 13 marca roku — jak
by powiedział Michał Afanasjewicz — od narodzenia Chrystusa Pana tysiąc dziewięćset osiemdzie-
siątego i piątego kolejnym dniem lęku przed przy-
kładową akcją, i lękaliśmy się nawet nie tego, że

w jej wyniku trzeba będzie brać się ze świata, ale tego, co dalej z nami będzie. Pisarzyna zapisał w swym notesiku zdanie, iż każdy ma w sobie wszystkie składniki swego przyszłego trupa, i ten niejasny aforyzm mógłby tu znaleźć zastosowanie. Najbardziej kłopotaliśmy się właśnie o to, co dziać się będzie ze składnikami naszego trupa. Pół biedy, jeśli składniki te poległyby gdzieś w dole wapna, gliny, wody. Należało jednak przypuszczać, że zyskają niezmierną sławę, należało przypuszczać, że gazety codzienne będą przynosić szczegółowe opisy naszych poranionych wnętrzności, ciosów, które nam zadano, że nasze ostatnie gesty zostaną opisane w licznych wersjach, że nasza ostatnia jazda windą i miska pełna krwawych wymiocin będą wszystkim wiadome, że nasze ostatnie fotografie zostaną skomentowane przez kierowników katedr anatomii patologicznej. Próbowaliśmy w naszych dzienniczkach-pamiętniczkach uogólnić te obawy, chcieliśmy jak najlapidarniej ująć myśl, iż jedynym postępem, jaki dokonał się w dziejach akcji przykładowych, jest wzrost wiedzy o nieboszczykach. Miarą postępu — wzrost wiedzy o nieboszczykach; choć nie zadowala nas ta wersja, ją jednak postanowiliśmy zapisać. W trakcie sięgania za pazuchy, gdzieśmy dzienniczki nosili, przelękliśmy się jednak jeszcze bardziej, drgnęliśmy tak, jakby rzeczywiście śmierć nas powąchała, wyobraziliśmy sobie bowiem, iż krocząca Alegoria może nas nie tylko w składniki naszych trupów rozproszyć, ale że może także właśnie nieszczęsne dzienniczki prześwietlić i odczytać, a wtedy — pomyśleliśmy — nasz los jest przesądzony, obojętnie, kim ona jest, czy boską aktywistką, czy uduchowioną kulturystką, nasz los jest przesądzony, czy to widmo zwiastuje rządy liberałów, czy rządy dogmatyków, nasz los jest przesądzony — myśleliśmy — dalej za pazuchy sięgając, już nie po to, by dzienniczki na wierzch wydobyć, ale po to, by je przed wszechwidzącym spojrzeniem zasłonić. Przez nasze głowiny — jak to w panice — rozmaite myśli przelatywały, zastanawialiśmy się, co znaczy wciąż powracający motyw wyostrzonych zmysłów. Nieustanne prześwietlanie wzrokiem bagażników, aktówek, mózgów, notesików? Czy rzeczywiście czekamy, czy ktokolwiek z nas czeka na nadejście rozumnego władcy? I być może zrodziłyby się z tych gorączkowych kwestii zasadnicze pytania, gdyby dłonie nasze, nadal za pazuchami błądzące, nie natknęły się tam na kształt zupełnie obcy, choć akurat to słowo jest całkowicie nie na miejscu, był to kształt bynajmniej nie obcy, lecz przeciwnie, doskonale nam znany, szczerze mówiąc, był to jeden z najdoskonalej znanych nam kształtów, jeszceśmy go dotykali, jeszcze palcami, pozorując czynność upewniania się, wzdłuż i wszerz wodziliśmy, jeszcze całości na światło dzienne nie wyjmowaliśmy, choć przecież już od pierwszej chwili było wiadomo i mało kto był w stanie rysy twarzy układające się w uśmiech głupawego zadowolenia powstrzymać; wiedzieliśmy, że w nieopisanie zagadkowy sposób pojawiły się za naszymi pazuchami oszronione półlitrówki, i teraz tylko igraliśmy swą pewnością, nią i sobą się zabawialiśmy, opuszkami palców etykietki muskaliśmy, usiłując dotykiem odczytać nazwę gatunku; rozglądaliśmy się ukradkiem, jakby chcąc się upewnić, czy nie spłatał nam ktoś bolesnego figla, nic na to jednak nie wskazywało, już sobie tu i ówdzie z rąk do rąk, z ust do ust podawano, już srebrzyste łabądki lądowały na ziemi, już szeleściły plastikowe kubeczki, dyskretnie oczywiście, niby dalej wszystko było w porządku, niby ostateczna wykładnia cienia wątpliwości nie budziła, a jednak nikt by sobie głowy nie dał uciąć, że jeszcze krok-dwa i Siostra Alegoria z niebios chyba zesłanych półlitrówek nie pocznie konfiskować, o bruk ich rozbijać, nas za ubrania, za włosy szarpać, wszyscyśmy w końcu ewentualność jej straszliwego gniewu nadal rozważali, toteż spokój i godność nasze postępowanie cechowały, jedynie bracia nasi najniżej upadli, niepomni, że nie tylko siebie, ale i nas narażają, plastikowe kubeczki w jej kierunku wznosili i nękając ją uporczywymi toastami, raz po raz powtarzali: „Po całym, Po całym, Kotku Puszysty, Po całym". Pisarzyna podziemny wprawnym ruchem kapsel zerwał, łokciem połę nieboszczyka w górę wywindował, kiedy zaś wylot flaszki mniej więcej na wysokości obojczyka się znalazł, głowę lekko skręcił i pochylił, gwint delikatnie ząbkami przytrzymał i z wprawą niemowlęcia zagujał. Gujał tak przez chwilę, sycąc się własnymi umiejętnościami, po czym do poprzedniej pozycji powrócił. Być może jestem pijaczyną, ale jeśli nawet tak jest, to jestem pijaczyną antyreżymowym, szepnął do siebie. Jestem pijaczyną antyreżymowym, zwanym także pijaczyną podziemnym, powtórzył i spostrzegł, że alkoholowa wszechmoc go ogarnia, szóstym zmysłem zwęszył powracający motyw wyostrzonych zmysłów, czuł, że wzrok jego, niczym spojrzenie samej Alegorii, prześwietla nas wszystkich, że widzi nas gołych przez nasze ubrania, że widzi wszystko, co mamy przy sobie, długopisy, grzebienie, klucze, kalendarzyki, świadectwa lekarskie, dowody osobiste, zapisy brydżowe, legitymacje służbowe, bilety za trzy złote, zaczęło mu się zdawać, że odczyta wszystkie te dokumenty, uporządkuje je, pomiesza, ułoży z nich obraz naszego gorączkowego życia; problem u — dalej opodal się znajdujących — odżywał w nim na nowo, i to odżywał ze zdwojoną siłą, pisarzynie wydawało się, iż z łatwością teraz w którymś z portfeli papiery dostrzeże, odczyta je i upewni się ostatecznie, i wreszcie, wreszcie swój wstyd uśmierzy, wreszcie u ujrzy, wreszcie parafrazę pierwszego zdania Wieniedikta Jerofiejewa przestanie przytaczać. Na próżno jednak wzrok ponownie wytężał; jakieś strzępy pism służbowych, tajemnicze pieczęcie i dziwaczne amatorskie fotografie majaczyły mu przed oczyma i zrozumiał, że z innej beczki musi zacząć. Utrwalenie oralnych przekazów ubiackich — zaczął ni stąd, ni zowąd mówić dobitnym i nie znoszącym sprzeciwu głosem — wydaje mi się zadaniem pierwszorzędnym. Póki pisarze nasi nie zaczną karmić rodzących się pokoleń lwim mlekiem wielkich ubiackich trylogii, jest naszym zadaniem utrwalić to, co jest, mówił dalej i wymownym gestem podkreślał wymowę tego, co mówi. I ktoś z nas powinien podjąć się tego, ktoś z nas wielotomową rzecz zatytułowaną „Ubiak wieczny tułacz" niezwłocznie powinien zacząć spisywać i powinien uczynić to natychmiast, bo jeśli nękające nas alegorie rzeczywiście odwilż zaczną i odwilż zapowiadają, to lada chwila fala pobłażliwej wyrozumiałości nasze serca zaleje i ugasi w nich kronikarski wigor. Najlepiej zaś by było — tu pisarzyna pięścią w krawędź wyimaginowanej mównicy zaczął uderzać, bo coś jakby mównica mu się wokół zwidziało i sam się sobie już to z Włodzimierzem Iljiczem przemawiającym w Pałacu Zimowym, już to z Władysławem Gomułką przemawiającym na placu Defilad zaczął kojarzyć. Najlepiej zaś by było, gdyby tak wśród nich samych — tu rękę przed siebie wyciągnął i palcem na oślep zaczął gmerać — gdyby tak wśród nich samych wciąż opodal stojących zrodził się natchniony tytan pióra i spisał wszystkie przez siebie przeżyte i zasłyszane historie. Niech będzie to stary lejtnant, który w oszalałej męce, po dziesiątkach, setkach, tysiącach stron opisujących sielskie dzieciństwo, dramaty wyższych sfer, frontowe trudy, uniesienia miłosne i wrażenia z licznych podróży do stolic państw stron układu — pojął wreszcie naukę Lwa Nikołajewicza i począł opisywać świat, który go otacza, ściany gabinetu, porządek dnia, fizjonomię adiutanta. Niech będzie to młodziutki elew, który po tygodniu lub miesiącu służby przejrzy, zadrży z ohydy i w ciągu pięciu bezsennych nocy, szlochając bezustannie, na przemian to drąc, to sklejając, to drąc, to sklejając pewną fotografię, opisze na trzystu stronach dzień po dniu, godzina po godzinie, minuta po minucie swój mroczny staż, i powstała w ten sposób równie mroczna, pełna bólu, goryczy, zaznanych rozczarowań ekstatyczna pieśń ubiacka, być może nawet pod niektórymi względami okaże się pełniejsza, wyrazistsza i bardziej porażająca od powściągliwej i cechującej się klasycznym umiarem relacji starego lejtnanta. Ale oczywiście — pisarzyna czuł, że to, co mówi, posłuch znajduje i na podatny grunt pada — „Ubiak wieczny tułacz" nie musi wyjść spod pióra ani tego, ani tego. Niech to będzie ktokolwiek, palacz, portier, pracownik cywilny, generalska doczka, niechaj to będzie najczystszy amator klnący swą dolę, ale gnany mocniejszym nade wszystko imperatywem, niech niczym samozwańczy ankieter, Oskar Kolberg ubiacczyzny, wędruje od domu do domu i spisuje prastare gadki i przyśpiewki ubiackie, niech niczym naiwniutki skaucik z notesikiem w ręku tropi w Dniu Milicjanta odświętnie ubranych mężczyzn, niech boleje nad własną niezaradnością, niech bluźni niebiosom, które jego właśnie spośród tylu innych — zdawać by się mogło, o wiele bardziej powołanych — wybrały. W końcu nie sami u żyją pod naszym niebem — niech szemrze do siebie w chwilach desperacji — bo przecież żyją pod nim i kantyści, i baptyści, i świadkowie Jehowy, i czciciele bóstw dalekowschodnich, i chociaż ani tym, ani tamtym nie jestem, łatwiej by mi było o którejkolwiek z tych — być może trudniej jeszcze dostrzegalnych — mniejszości dane gromadzić, niż porywać się z motyką na słońce. Dlaczego? Dlaczego — niech zapytuje w bezsilnej rozpaczy — ja właśnie do tej roli wyznaczony zostałem? Faktycznie to, co mówił pisarzyna, posłuch znajdowało i na podatny grunt padało. Przyjemne wrażenie jego skromność sprawiała, fakt, iż nie samego siebie na plan pierwszy wysuwa, lecz spośród nas kogoś chce wybrać. A poza tym — co tu kryć — prawdę mówił, prawda to była, żeśmy czekali, aż ten głos wydobywający się z najgłębszych piwnic, co głębsze są od piwnic ludzkości, na wierzch się wreszcie wydobędzie i całą prawdę wyśpiewa. Ale prawdą też było, żeśmy już zmordowani byli, że się nam ani o niczym gadać, ani niczego słuchać nie chciało, wódka z oszronionych półlitrówek dawno już wypita była, niestrudzeni gawędziarze, nieznośne gaduły milkły coraz częściej i nawet nieskończone zasoby starych porzekadeł, którymiśmy się raczyli, zdawały się wyczerpywać; spać się coraz bardziej chciało, nikt już do wieczerzy nie siadał, kładliśmy się tak, jak żeśmy stali; ręce, twarz trochę się opłukało, herbaty ze dwa łyki siorbnęło, jaśki, poduszki, kocyki trochę poprawiło i skonani jak po pierwszym dniu stworzenia zapadaliśmy w sen, wiedząc, że i tak śnić się nam będą niestworzone rzeczy. I śniły nam się niestworzone rzeczy; gdyby tak wszystkie sny płynące przez nasze udręczone głowiny udało się spisać, można by wielką księgę ułożyć, „Wielki słownik podziemny” albo jeszcze lepiej „Wielki słownik jałtańsko-poczdamski”. Nurtowała nas ta myśl uporczywie, roboty przy tym nie byłoby zbyt wiele, sennik jak sennik, choć wielki, byłby przecież niewielką broszurą, ludzie by coś takiego czytali i kupowali, wyobrażenia wysokich zarobków, kariery pisarskiej i społecznej przydatności mieszały się ze sobą w niejasnych proporcjach, wszyscyśmy się na moment pisarzynami podziemnymi stawali i natychmiast w półśnie, na chybcika jęliśmy pierwsze hasła sennika spisywać: Policzki rumiane mieć. Partia — w ogólności wstępować do niej. Puchlinę wodną widzieć u kobiety. Plenum — refleksje po nim snuć. Piana na jakimś płynie. Propinacja. Pierwszy sekretarz — widzieć go, być nim. Paznokcie krótkie mieć. Paszportu odmowę otrzymać.

Pierś obrośnięta włosami. Popiersie Leonida Iljicza widzieć. Pieczeń jeść. Pożar komitetu — gasić, wzniecać. Pekińczyk — bawić się z nim. Przewodniczący. Pieczarki. Porucznik. Podagra. Ale natychmiast wszystko zaczęło się nam mieszać, zastanawiało nas, dlaczego nasz sennik miałby się akurat od litery P rozpoczynać, trudziliśmy się daremnie, aby choć jedno hasło na inną literę wymyślić, ale jeśli cokolwiek na myśl nam przychodziło, to zawsze literą P na wierzch wypływało. Pieśń zawodzić. Plaster na ranę przykładać. Papier biały zapisywać. Pierzyna. Pieczara. Przekleństwo. Przelot ptaków. I daliśmy temu spokój, pisarzynie takie przedsięwzięcia zostawiając, choć wystarczyło się rozejrzeć, by zrozumieć, że gdyby nawet natychmiast zaczął nas obchodzić, nie usłyszałby od nas opowiadań o naszych snach, lecz inne zgoła opowieści, gołym okiem widać było, iż nie zebrałby w swoim notesiku materiału do „Księgi naszych snów", ale raczej do „Księgi pragnień", do wielkiej Ankiety zatytułowanej „Wpływ lat osiemdziesiątych na nasze życie erotyczne". Leżeliśmy na wznak w sufity zapatrzeni i myśl o nadchodzącej odwilży mile nas łechtała, myśleliśmy o niej tak, jak starzy komuniści zwykli myśleć o Partii, eksponując rodzaj żeński i nie nadużywając imienia: byle Była, byle Jej nie nękali, byle Nadeszła, byle dali Jej spokój; i być może była to prawda, co mówili niezniszczalni mądrale — ci sami, którzy na początku o archetypie pochówku Józefa Wissarionowicza wspominali — iż pierwiastek żeński, tym razem przybrawszy postać Odwilży, do dusz naszych wkraczał, być może była to prawda, ale niestety nikt mądrali poważnie nie brał, nie wiedzieć czemu nie budzili naszego zaufania, toteż gdy dowodzili, iż Odwilż mityczną Jednią się nam jawi, Pramacią i Prałonem, do którego powrotu nieustannie pragniemy, śmiechy i chichoty się rozległy. Rozmaite rzeczy pokrzykiwali w ich stronę ci, co nie zwykli przebierać w słowach, inni na palcach gwizdali, jaskółki z papieru puszczali i kuleczkami z plasteliny pluli. Bo, owszem, myśl o Matuli-Odwilży umilała nam poranek po snach niestworzonych, ale umilała tylko niczym cicha muzyczka, nic więcej; główną i prawdziwą przyjemnością było myślenie o żywym, z krwi i kości towarze, wydawało nam się jeszcze jakby w półśnie, że z lekkich wiosennych niebios towar za towarem spływa, miękko na wersalkach lądując, sprężyny skrzypiały i doprawdy był to towar równie cudownie jak oszronione półlitrówki zesłany i równie realny, znaliśmy się na tym, czego jak czego, ale oszronionych półlitrówek i towaru z krwi i kości w naszym życiu nie brakowało, każdy miał to, co chciał, i Irenę Karel widać było, jak ląduje, i Ornellę Mutti, i obie córki nieboszczki księżnej Monako przybywały na czyjeś zawołanie, i Jennifer Rush, i Ola Kniaziewicz z Drezdenka, i Ewa Chudoba z Nowego Targu, i złote medalistki Liliana Georgiewa z Lilią Ignatową leciały w swych nieziemskich trykotach. Pisarzyna podziemny widział wszystek ten towar, sam jednak na nic konkretnego nie mógł, a raczej nie miał odwagi się zdecydować, wahał się pomiędzy wspomnieniem wypływającego z mroku estrady bujnego profilu czeskiej striptizerki a nie znaną mu z imienia i z nazwiska pasażerką autobusu linii pośpiesznej A, której perwersyjną twarzyczkę wciąż miał przed oczami; wahał się, doskonale przy tym wiedząc, iż wahanie jego jest czystym pozorem, iż pozorując wewnętrzne rozterki, zasłania nimi swą prawdziwą, choć skrytą ochotę, zasłania nimi rzeczywisty obiekt własnych fascynacji i już, już miał postawić na czeską cycatkę lub nie znaną pasażerkę, gdy spłynęło na niego wielkie ośmielenie i nieoczekiwanie dla samego siebie wyszeptał jej imię, i zaraz ją zobaczył, jak odziana w płaszcz kąpielowy zbliża się ku niemu, po chwili leżała obok niego na wersalce, jej głowa na jego jaśku spoczywała, tak, bez wątpienia była to ona, Przewodnicząca Nikaraguańskiego Stowarzyszenia Kultury, Rosario Murillo, trzymał ją w ramionach, uspokajał, w jej oczach widać było paniczny lęk przed kipiącym latynoską zazdrością Danielem Ortegą, oddychała głęboko, pisarzyna zanurzył twarz w jej włosach pachnących sandinistowskim szamponem, zastanawiał się, czy pierwsze jej słowa mieć będą brzmienie hiszpańskie, czy też portugalskie, objął ją mocniej, ujął jej dłoń i już, już miał tę dłoń wraz ze słowami *el condor* na przyrodzeniu sobie położyć, gdy jej głos usłyszał, mówiła do niego i on rozumiał sens tego jedynego zdania, które raz po raz powtarzała, spoglądając na niego z intensywnym oddaniem; *Wy każetsia nastojaszczij polskij graf, wy każetsia nastojaszczij polskij graf*, powtarzała w kółko, zmieniając jedynie intonację, raz było to zdanie z błagalnym pytaniem, raz ekstatycznym potwierdzeniem prawdy oczywistej. Pisarzynie dech po prostu zaparło; a gdy powietrze znowu do jego porażonego ciała dostęp odzyskało, śmiać się zaczął spazmatycznym i nieprzyjemnie cieniutkim śmiechem, i wszyscyśmy się jakby za jego przykładem śmiać zaczynali, ale oczywiście nie dlatego, że leżące obok nas widma kobiece nasze najskrytsze pragnienia spełniały, śmialiśmy się, bo zaczynało nam na myśl przychodzić, iż nękające nas alegorie może nie tylko odwilż znaczą, zaczęło w naszych w poduszki wtulonych głowach świtać, iż może tu o rzecz znacznie poważniejszą niż o kolejny rozłam w biurze politycznym idzie, że nawet jeśli o odwilż idzie, to nie o kolejną i przysłowiową, ale wyjątkową i definitywną, o taką, po której następnych nie będzie. Śmialiśmy się na samą myśl, iż te saluty i alegorie zakończenie mogą oznaczać, że grają i strzelają, aby tę chwilę ogłosić i uczcić. Było to możliwe; wszyscyśmy sobie przecież od dawien dawna tę chwilę wyobrażali, dręczyła nas niepewność: czy jej dożyjemy? Czy wielka zawierucha jak w czterdziestym piątym będzie? Czy jak w osiemnastym cisza w zasadzie i spokój? Czy bracia nasi w panicznym pośpiechu pierzchać poczną, czy też regularny oddział sformują i z zachowaniem sztandarów i legitymacji odejdą — a niejednemu z nas stojących na poboczu, gdy patrzył będzie, jak śpiewając, w kłębach kurzu znikają, łza się w oku zakręci, niejeden rękę w pożegnalnym geście uniesie, niejeden paczkę papierosów nad maszerującą kolumnę rzuci. Śmialiśmy się jednakowo, choć każdy sobie inaczej tę chwilę wyobrażał. Śmiał się też pisarzyna podziemny, choć jemu zakończenie z powszechną apokalipsą się kojarzyło, śmiał się, choć wiedział, iż zostanie — gdy wszystko przeminie — piewcą nie istniejącego świata, iż będzie na posypanych wapnem trawnikach opiewał porządek jałtański, opisywał zaginione obrazy młodości, rześkie poranki pochodów pierwszomajowych, wnętrza autobusów i sklepów spożywczych, pożerane jadowitym płomieniem gazu szare obeliski wzniesione dla uczczenia pamięci poległych w walce o utrwalenie władzy ludowej. Śmiał się i śmiała się Przewodnicząca Nikaraguańskiego Stowarzyszenia Kultury, Rosario Murillo, śmialiśmy się wszyscy prawdziwie gombrowiczowskim śmiechem, starzy i młodzi, zbowidowcy i sportowcy, partyjni i prawosławni, piekarze i murarze, i bracia ewangelicy, i bracia najniżej upadli, i ubiacy, których pisarzyna nigdy nie widział, także się śmiali, i widma na naszych wersalkach spoczywające śmiały się i chichotały, towar z krwi i kości, finalistki i medalistki, młodziutkie protestantki i rówieśniczki, i tancerki z harcerskiego zespołu pieśni i tańca „Gawęda" śmiały się i chichotały, śmiały się i chichotały swym nieopisanym chichotem w nagłym jakby ukłonie, jakby śmiech w ich ustach miał wagę ołowiu i chylił do ziemi ich wiotkie ciała, nie do opisania jest ten śmiech; pisarzyna podziemny, jeśli kiedykolwiek traktat o młodziutkich tancerkach-harcerkach postanowi napisać, od ich śmiechu, od śmiechu powinien zacząć.

Wyznania twórcy
pokątnej literatury erotycznej

1. *Gra w butelkę*

Zanim w połowie lat osiemdziesiątych zaczęliśmy grywać w butelkę, wcześniej (na początku lat osiemdziesiątych) grywaliśmy w inną grę. Każdy mianowicie musiał podać tytuł, a także opowiedzieć treść najbardziej, jego zdaniem, podniecającej książki.

Graliśmy przy tym — co trzeba zaznaczyć — wysoko. Dzieła wywołujące zaledwie dreszczyk emocji, mgiełkę pożądania lub też niejasne uczucie tęsknoty za czymś nieokreślonym przegrywały. Zwyciężały te, które zmuszały do aktywnego współudziału. Magia jakich to utworów sprawiała, iż sięgało się w okolice własnych obszarów erogennych? Oto było pytanie, na które każdy uczciwie grający i pragnący zwyciężać musiał odpowiedzieć.

Był to — poza wszystkim — nader intensywny sposób poznawania literatury. Człowiek, ujmując swe przyrodzenie, zdawał się uruchamiać zarazem jakiś czarodziejski wehikuł, który przenosił go na karty *Quo vadis?*, *Faraona* czy *Egipcjanina Sinuhe*.

Gra w butelkę natomiast stanowiła wyższy stopień wtajemniczenia. Najpierw grywaliśmy do pierwszego, a potem z całą stanowczością do ostatniego całkowicie gołego. Oczywiście komuś może się wydawać, iż nie był to wyższy, ale raczej niższy stopień wtajemniczenia. Ktoś może twierdzić, iż opowiadanie sobie wielkich scen miłosnych w płytkim mroku godziny policyjnej było o wiele bardziej ekscytujące niż odbywające się już w czasie stopniowej normalizacji życia publicznego zdejmowanie ubrań i bielizny. Jak się jednak wydaje, poglądowi temu można przyznać jedynie częściową słuszność. Niewątpliwie obcowanie ze spowitymi jedynie w woal miejsc niedookreślonych heroinami literackimi było podniecające. Niemniej gromadne zdejmowanie majtek i kalesonów i następnie ciekawe przypatrywanie się sobie było podniecające — *summa summarum* — w o wiele większym stopniu.

2. *Spis podniecających utworów literackich*

Stendhal · *Armancja*

Jerzy Andrzejewski · *Bramy raju*

J. D. Salinger · *Buszujący w zbożu*

Michał Szołochow · *Cichy Don*

Henry de Montherlant · *Chłopcy*

Milan Kundera · *Śmieszne miłości*

Tomasz Mann · *Wybraniec* ·

Gabriela Zapolska · *Córka Tuśki*

F. Scott Fitzgerald · *Czuła jest noc*

Saul Bellow · *Dar Humboldta*

Stanisław Przybyszewski · *De profundis*

Gabriele d'Annunzio · *Dziewice na skale*

Stefan Żeromski · *Wierna rzeka*

Guillaume Apollinaire · *Dziewięć bram twojego ciała*

Bolesław Prus · *Faraon*

Erich Kästner · *Fabian*

Leopold Tyrmand · *Filip*

André Gide · *Jeżeli nie umiera ziarno*

Octave Mirabeau · *Dziennik panny służącej*

James Baldwin · *Inny kraj*

Mieczysław Srokowski · *Kult ciała*

Ada Kessler · *Nie chcę nocy*

Charles de Coster · *Przygody Dyla Sowizdrzała*

Andrzej Kuśniewicz · *Król obojga Sycylii*
D. H. Lawrence · *Kochanek Lady Chatterley*
Sergiusz Piasecki · *Kochanek Wielkiej Niedźwiedzicy*
Kornel Filipowicz · *Pamiętnik antybohatera*
S. A. Mueller · *Henryk Flis*
Erskine Caldwell · *Jenny*
Zygmunt Krasiński · *Listy do Jerzego Lubomirskiego*
Hermann Broch · *Ballada o stręczycielce*
Emil Zola · *Nana*
Sigrid Undset · *Olaf syn Auduna*
Mika Waltari · *Egipcjanin Sinuhe*
Stanisław Ignacy Witkiewicz · *Nienasycenie*
John Steinbeck · *Na wschód od Edenu*
D. A. F. de Sade · *Niedole cnoty*
Bolesław Leśmian · *Jadwiga*
G. G. Márquez · *Sto lat samotności*
Bohumil Hrabal · *Pociągi pod specjalnym nadzorem*
Marek Nowakowski · *Robaki*
Denis Diderot · *Kubuś Fatalista i jego pan*
William Faulkner · *Azyl*
Karol Irzykowski · *Pałuba*
Henryk Sienkiewicz · *Quo vadis?*
Ilja Erenburg · *Trzynaście fajek*
Robert Musil · *Tonka*

Bronisław Malinowski · *Życie seksualne dzikich*
François Rabelais · *Gargantua i Pantagruel*
Michel Leiris · *Wiek męski*
Ernest Hemingway · *Pożegnanie z bronią*
Jarosław Iwaszkiewicz · *Panny z Wilka*
Tadeusz Konwicki · *Kompleks polski*
G. G. Casanova · *Pamiętniki*
James Joyce · *Ulisses*
James Jones · *Stąd do wieczności*
Emil Zegadłowicz · *Zmory*

3. *Pamiętnik Matyldy*

Nie udało mi się ustalić, ile pod koniec rządów Gomułki kosztował szesnastokartkowy zeszyt zawierający przepisaną schludnym i czytelnym pismem nowelę pornograficzną pt. *Pamiętnik Matyldy*. Brzmi to niewiarygodnie, bo przecież kogo jak kogo, ale wytrawnych znawców fluktuacji cen u nas nie brakuje; niczym wieszczący zagładę dziadowie lirnicy krążą po miastach i recytują z pamięci całe poematy, całe strofy opiewające powojenne dzieje, dajmy na to, kostki masła czy kilograma cukru. W każdej bez mała rodzinie jest choć jeden rachmistrz znający na pamięć dzieje wszelakich podwyżek, choć jeden posiadacz kolekcji etykiet i opakowań ze starymi cenami, choć jeden właściciel archiwalnych tabel i cenników.

„Ja — powiada jeden z drugim — oddałem legitymację partyjną w 1965, po trzeciej podwyżce cen mięsa wołowego, i znam się na rzeczy". I istotnie, trzeba przyznać, znają się na rzeczy, co nie zmienia faktu, iż żaden z nich nie był mi w stanie powiedzieć, ile pod koniec rządów Gomułki kosztował *Pamiętnik Matyldy*.

Inna sprawa, iż indagowałem ich w sposób nader oględny. Oprócz zażenowania odczuwałem bowiem lęk, iż rozszyfrowane zostaną moje prawdziwe zamiary. Obawiałem się, iż jakiś specjalista o wyjątkowo rączym umyśle bez trudu odgadnie, iż interesuję się *Pamiętnikiem Matyldy* nie po to, by sprawiać sobie wstydliwe rozkosze, lecz po to, by samemu zająć się produkcją i sprzedażą szesnastokartkowych zeszycików zawierających schludnie i czytelnie przepisane historyjki albo, jeszcze lepiej, humoreski erotyczne.

W końcu wszyscy wokół czymś się zajmowali, na coś się decydowali, na coś się porywali, a to na antykwariat, a to na taksówkę, a to na butik, a to na kwiaciarnię, a to na sklep z akcesoriami kuchennymi. Niejednokrotnie, idąc Szewską i Karmelicką czy też przechadzając się między straganami Hali Targowej, odnosiłem nieodparte, choć znane mi do tej pory jedynie z literatury wrażenie, iż otaczają mnie wyłącznie kolejne pokolenia nepmanów i nepmanek.

Oczywiście nie muszę sytuacji handlowej, w jakiej znalazłyby się moje produkty, przybierać w wyszukaną szatę słowną. Sytuacja ta była nader ciężka i gra o nabywcę zapowiadała się karkołomnie. Mogłem jednak wyobrazić sobie siebie samego, jak z pękatą walizą wyładowaną szesnastokartkowymi zeszytami zawierającymi schludnie i czytelnie przepisane humoreski wyruszam dookoła Polski. Docierałbym do najbardziej zapadłych kątów, do końcowych stacji, do zagubionych wśród równin przystanków PKS-u, brnął po kostki w błocie, trawie, piasku. W gospodach, świetlicach, klubokawiarniach, na targach, jarmarkach, na skrzyżowaniach dróg oferowałbym zawartość mojej walizy. W świetle gołych żarówek, świec, lamp naftowych, nie zgaszonych telewizorów pochylałyby się nad nią surowe, martwe, zawstydzone twarze. Wieść o wędrownym sprzedawcy, krążącym po wsiach z walizą pełną świńskich broszurek, rozeszłaby się lotem błyskawicy, przeganiano by mnie i psami szczuto, ale też muzyką, chlebem i solą witano, niejeden raz musiałbym grzbiet kijami obity masować, towar porzucać albo z błota i nieczystości czyścić, zarobione pieniądze oddawać. Ale też niejeden raz moja waliza byłaby lekka jak powietrze, a specjalna kieszeń na banknoty twarda jak drewno. Przychodziłoby w polu pod gołym niebem o głodzie i chłodzie nocować, ale sypiałbym również, nakarmiony białym mięskiem naprędce przyrządzonych kogucików, opity dereniówką, w gościnnych izbach pod ciężkimi pierzynami. Niejeden raz do białego rana rozpamiętywałbym samotność na pryczach miejscowych komisariatów, ale i to wynagrodzone by mi zostało słodkimi nocami w ramionach żelaznych sołtysek, złaknionych szerszej perspektywy kierowniczek wiejskich bibliotek, namiętnych jak Meksykanki szefowych GS-ów.

Choć czułem, że jej nie podołam, nęciła mnie i kusiła niesłychanie wizja tej wędrówki. A przecież była to zaledwie widzialna część mojego przedsięwzięcia, nie tylko z ciężarem walizy i bezmiernymi przestrzeniami przyszłoby mi się zmierzyć, ale także z rzeczami prawdziwie niewymiernymi, z wyobraźnią, pamięcią, wstydem, z nieuchwytnymi atrybutami licznych konwencji literackich. Szósty, siódmy, a może i ósmy zmysł podpowiadał mi aż nadto wyraźnie, iż moje zeszyciki nie mogą naśladować *Pamiętnika Matyldy*, słyszałem szept ostrzegający mnie przed nurzaniem się w ziemiańskich realiach lub unikaniem realiów powojennych. Coś mi mówiło, iż jeśli istotnie pragnę otrzymywać w zamian za moje broszurki godziwe zestawy banknotów, muszę spełnić święty postulat realizmu, muszę być realistą i niczym Ernest Hemingway opisywać tylko to, czego sam doświadczyłem, i to, co sam przeżyłem — miasto uniwersyteckie K. w połowie lat osiemdziesiątych, losy moich krewnych, znajomych i przełożonych; iż muszę także dokonać — z całym, na jaki mnie stać, weryzmem — wyprzedaży własnego życia erotycznego. Na co jak na co, ale na weryzm stać mnie niewątpliwie, przekonywałem sam siebie w chwilach przypływu wiary we własne siły. Rzecz jednak w tym, iż moje akurat życie intymne jest nader skromne, zdarzają mi się raczej zamiast przygód epifanie erotyczne, tłumaczyłem w zakłopotaniu stawiającym tak wysokie wymogi zaświatowym głosom, owszem, odczuwam od dziecka wzmożony popęd płciowy, ale i on jest neutralizowany przez dolegającą mi przepuklinę, usytuowaną tak figlarnie, iż gdy tylko mój brzuch przywiera do drugiego brzucha, natychmiast rozlega się jej płynna pieśń, wyznawałem szczerze i nader pośpiesznie wszystko, co miałem do wyznania. Nie, to stanowczo nie ja powinienem był wpaść na ten pomysł. Ale faktem jest, że ja, że właśnie ja nań wpadłem, i to musi — natychmiast polemizowałem z własną skłonnością do rezygnacji — musi mieć jakieś znaczenie. Nie poddawałem się, ale strzegłem mego pomysłu, strzegłem go i chroniłem ze zdwojoną ostrożnością. Oględnie i zawsze nie wprost dopytywałem się o cenę *Pamiętnika Matyldy*, bo przecież ktoś (wytrawny znawca fluktuacji cen o rączym umyśle), kto odgadłby moje rzeczywiste zamiary, mógłby je zarazem w swoim imieniu wykorzystać, mógłby po prostu zająć się produkcją i dystrybucją plugawych kajecików, a z pewnością miałby po temu wszelkie i większe niż ja dane, i bogactwo doświadczeń, i łatwość pisania, i dar snucia zajmującej narracji, i piękny charakter pisma, i oczywiście — byłem tego pewien — sypałby mój domniemany i po stokroć przeklęty rywal i naśladowca jak z rękawa setkami pieprznych anegdotek i bez trudu, nie ruszając się z miejsca, znajdował nabywców, co zresztą mówię — nabywców, rzesze wielbicieli, wyznawców, tysiące stałych prenumeratorów.

Toteż kryłem się ze swą ideą, oczywiście powinienem znać cenę *Pamiętnika Matyldy*, był to konieczny bez mała punkt wyjścia, porywałem się na moje przedsięwzięcie, nie znając jego fundamentalnych prehistorii i kamieni węgielnych, przede wszystkim byłem jednak ostrożny, zapewne zbyt ostrożny i w efekcie do dziś nie udało mi się ustalić, ile pod koniec rządów Gomułki kosztował szesnastokartkowy zeszyt zawierający przepisaną schludnym i czytelnym pismem historyjkę obfitującą w niewiarygodne sytuacje.

4. *Hierarchia banknotów*

Najczęściej myślę o banknotach stuzłotowych. Nie chciałbym być źle zrozumiany. Myślę o wszystkich rodzajach banknotów, mieszkający zaś we mnie piewca mizerabilizmu, biedaczyna borykający się z trudnościami finansowymi od początku świata, układa kolejne strofy o kolorach banknotów, poświęcając równą uwagę wszystkim. Myślę o tchnącym stepową zielenią obliczu generała Karola Świerczewskiego na pięćdziesiątkach, o niebieskawej niczym płomyk na bagnach twarzy Mikołaja Kopernika na tysiączkach, o opalizującym dwuznacznym fioletem portrecie Jarosława Dąbrowskiego na dwustuzłotówkach, o nieco podobnym do Świerczewskiego Fryderyku Chopinie na papierkach pięciotysięcznych, ba, myślę nawet o zielonkawej jak żubrówka fizjonomii generała Józefa Bema na dychach. Jednakże najczęściej myślę o mającej barwę surowego mięsa twarzy Ludwika Waryńskiego na setkach.

Być może jest to zjawisko czysto subiektywne i w sobie samym powinienem szukać jego uzasadnień. Może postać przywódcy i założyciela Proletariatu, tylekroć utrwalana na lekcjach historii, ugrzęzła gdzieś w zakamarkach świadomości? Może stare, płomienistoczerwone sto złotych z wizerunkiem anonimowego robotnika z jednej i z pejzażem przemysłowym z drugiej strony utknęło gdzieś na dnie przypadkowej kolekcji krajobrazów dzieciństwa? Może sama magiczna formuła „sto złotych", tylekroć używana i stosowana w najrozmaitszych odmianach, znalazła się gdzieś w najtajniejszych zasobach języka? Nie wiem. Przypuszczam jednak, iż eksponowanie przez moją świadomość banknotu stuzłotowego odzwierciedla także w jakimś stopniu stan obiektywny.

Są banknoty o większym nominale, są banknoty piękniejsze i rzadsze; pięćsetzłotówki na przykład, kiedy o nich myślę, fruną pomiędzy moimi palcami niczym rój motyli o wilgotnych, butwiejących skrzydłach, niezapomniany majestat starych pięciuset złotych, alegoryczna twarz naznaczona patyną pyłu węglowego i pełna mrocznej ekspresji scena na odwrocie, trzech górników pochylonych nad pryzmą węgla, za nimi palisada stempli, za palisadą zaś narkotyczna, dławiąca aż do słodkości otchłań przodka. Do dziś nie jestem w stanie odegnać od siebie absurdalnego przeświadczenia, iż w kopalniach panuje taki właśnie stalowobrunatny półmrok, iż świeci tam to samo światło, które za Gomułki świeciło na banknotach pięćsetzłotowych. A przecież i nowe pięćsetki także mogą się podobać; w ich sepii, w ich brązie, w samej zresztą sylwetce Tadeusza Kościuszki, który teraz na nich widnieje, pozostało wiele, niesłychanie wiele z górniczego majestatu.

Ktoś inny, być może, inne banknoty wysuwa na plan pierwszy. Ktoś, być może, najczęściej rozmyśla o pięćdziesięciozłotówkach albo wręcz o dwudziestozłotówkach, o starych dwudziestozłotówkach z wizerunkiem wiejskiej krasawicy w chustce na głowie i o nowych z portretem bezbronnego Romualda Traugutta. Ktoś, być może, myśli tylko o banknotach dwutysięcznych i widniejące na nich portrety władców ponad wszystko przedkłada.

Wolna wola. Ja jednak przy swoim i zapewne — powtarzam raz jeszcze — nie tylko swoim zdaniu będę obstawał. Stuzłotówka jest naszą matką, ojcem naszym, to ona — mówiąc obrazowo — pełni funkcję pierwszego sekretarza w partii banknotów. Pełniła je w dawnym, wąskim, czteroosobowym biurze politycznym (górnik 500 zł, robotnik 100 zł, rybak 50 zł, kobieta wiejska 20 zł) i teraz, pomimo iż biuro to uległo radykalnemu poszerzeniu, pomimo iż w biurze tym znalazło się aż trzech generałów (Bem 10 zł, Świerczewski 50 zł i Dąbrowski 200 zł), pomimo iż do biura tego, w sposób zresztą nader spektakularny, dokooptowano po jednym przedstawicielu świata nauki (Kopernik 1000 zł) i sztuki (Chopin 5000 zł), stuzłotówka nadal pełni kierownicze funkcje. Kwestia ostatecznej hierarchii nie budzi moim zdaniem wątpliwości.

Przyznaję natomiast, iż nie wiem, które sto złotych, stare czy nowe, jest mi bliższe? Nie wiem, co sprawia mi większą przyjemność: wspominanie alegorycznego wizerunku Robotnika Nieznanego czy przyglądanie się werystycznemu portretowi założyciela i przywódcy pierwszej na ziemiach polskich partii robotniczej? Nie wiem, czy ulegać sentymentalnym wspominkom dzieciństwa, czy surowym wymogom teraźniejszości? Wiem natomiast, co łączy oba te banknoty i portrety, wiem, co łączy pozostałe, wiem, co łączy alegoryczny portret górnika czy rybaka z naturalistycznymi konterfektami przywódców i generałów, wiem, co łączy stare i nowe generacje banknotów.

Pomijając mianowicie ciekawy, choć moim zdaniem powierzchowny paradoks, iż na starych banknotach widnieją twarze Nowych Polaków, na nowych zaś banknotach twarze Starych Polaków, oraz pomijając zwodniczą i ruchomą kwestię cen starych banknotów (z kronikarskiego obowiązku odnotowuję, iż obecnie stare pięćset złotych kosztuje czterysta złotych, stare sto złotych kosztuje dwieście złotych, stare pięćdziesiąt złotych — sto złotych, stare zaś dwadzieścia złotych — pięćdziesiąt złotych), otóż prócz owych skądinąd może ciekawych, ale w moim przekonaniu marginalnych więzi nasuwa się następujące, o wiele mniej wyspekulowane spostrzeżenie: jeśli spojrzeć uważnie, widać gołym okiem, iż istotnie istnieje coś, co łączy stare banknoty z nowymi banknotami, coś, co spaja alegoryczne wizerunki z werystycznymi, coś, co wiąże Starych Polaków z Nowymi.

Tym elementem jest ucho. I Starzy, i Nowi Polacy (z jedynym wyjątkiem Mikołaja Kopernika) mają na starych i nowych banknotach odsłonięte jedno ucho. Tak jakby wszyscy pozowali do zdjęć paszportowych.

5. *Alicja Hejnał*

Pierwszą (i, jak się okazało, zarazem ostatnią) humoreskę poświęciłem Alicji Hejnał, która w stanie wojennym do perfekcji opanowała sztukę rozpinania rozporków siłą samego spojrzenia. W rzeczywistości Alicja Hejnał rozpinała rozporki siłą samego spojrzenia zarówno przed ogłoszeniem, jak i po odwołaniu stanu wojennego. Ja jednak starałem się zasugerować, iż jej nadprzyrodzone umiejętności miały związek wyłącznie z trzynastym grudnia.

W ogóle moim pierwotnym i nader fundamentalnym zamiarem było sporządzenie antologii rozmaitych ciekawostek, odchyleń, dewiacji, odbiegających od normy zachowań i wyglądów. Wydawało mi się, iż stać mnie przynajmniej w tym względzie na dorzucenie do ogólnonarodowej dyskusji własnych trzech groszy. Byłem pewien, że w ciągnącym ulicami naszych miast pospolitym ruszeniu namaszczonych włóczęgów, bełkoczących starców i symetrycznych małżeństw jestem w stanie dostrzec pewne grupki, pewne mniejszości, których nikt poza mną nie widzi.

Na przykład wydawało mi się, że dostrzegam spory tłumek anemicznych facetów niosących tajemnicze woreczki z folii. Albo że widzę rozszczebiotane niczym wycieczka szkolna młode poetki idące w dwóch osobnych oddziałach. Albo wspomnianych już znawców fluktuacji cen. Braci ewangelików. Pijaków dźwigających na ramionach trumny pełne piwa. Intelektualistów z główkami leciutko przechylonymi na bok. Każde z tych złudzeń byłem w stanie uzasadnić, wydawało mi się, iż nawet w tej, jakby z katastroficznych wierszy zaczerpniętej, wizji pochodu pomyleńców nie sprzeniewierzę się zasadzie opisywania świata z całym — na jaki mnie stać — weryzmem.

Niestety, mój zamiar zupełnie się nie powiódł, a winę za to ponosi (albo też raczej jest to jej zasługą) Alicja Hejnał.

Bo przecież nie faceci niosący foliowe woreczki mieli otwierać zmierzający wskroś moich zeszycików korowód dewiantów ani nie młode poetki, ani nie pijaczkowie, ani nie jajogłowi, ale właśnie niezbyt liczna grupka pań odzianych ze swoistą elegancją (ba, Alicja Hejnał odziewała się ze swoistą elegancją w białe elastyczne golfy i granatowe spódnice), które posiadły kunszt rozpinania męskich rozporków siłą samych spojrzeń.

Boże mój, nie wzywam Twego imienia nadaremno, mój ewangelicki Boże Mikołaja Reja i innych protestantów zasłużonych dla kultury narodowej, Boże mój, Ty jeden wiesz, ile trudu i zachodu kosztowało mnie bezskuteczne powoływanie tej sztandarowej grupki do istnienia.

Czegóż ja nie robiłem! Zapisałem tony papieru, raczyłem się kawą, koniakiem, winem. Biurko setki razy przesuwałem spod okna pod ścianę i z powrotem pod okno. Wstawałem o bladym świcie i ślęczałem do późnej nocy. Papierosy paliłem. Przebierałem się nieustannie, bo wydawało mi się, że mój wygląd zewnętrzny ma wpływ na rodzaj prowadzonej przeze mnie narracji. Zasłaniałem okna kocami, wpatrywałem się godzinami w wyciętą z naukowego biuletynu fotografię Alicji Hejnał, własne, bo czyjeż by? przyrodzenie tysiące razy z nogawki do nogawki przekładałem — nic nie pomagało. Grupka odzianych ze swoistą elegancją pań, rozpinających męskie rozporki siłą samych spojrzeń, za nic nie chciała wychynąć z niebytu. Alicja Hejnał okazywała niezłomną wolę pojedynczego istnienia, pomimo natężeń, zaklęć, próśb, gróźb i magii, za nic, za nic nie chciała się przeistoczyć w niewielką nawet grupkę bliźniaczo do niej podobnych siostrzyczek. Szła sama, jej chód był wprawdzie sam w sobie defiladą — ale była to defilada olimpijczyków jakiegoś maleńkiego, choć dzielnego kraiku, który był w stanie wystawić zaledwie jednoosobową ekipę, zrywały się oklaski, wszystkich ogarniało wzruszenie, jakaż nieugięta siła biła od tej maleńkiej biało-granatowej sylwetki ledwo widocznej z trybun, i mnie, prawdę mówiąc, także ogarniało wzruszenie-zwątpienie, pojąłem, że na nic moje wielogodzinne ślęczenie nad kartką, tysięczne przerzucanie tego i owego z nogawki do nogawki, i dałem sobie spokój ze sporządzaniem almanachów odchyleń i nietypowych zachowań i jedynie Alicji Hejnał, samej, nie zwielokrotnionej, postanowiłem poświęcić pierwszą i zarazem ostatnią pieprzną humoreskę.

Opisałem na szesnastu stroniczkach jej samotne wędrówki śródmiejskimi zaułkami miasta uniwersyteckiego K. Działo się to w styczniu i lutym 1982 roku. W tych właśnie miesiącach na ulicach pojawiało się coraz więcej patroli, żołnierze i policjanci jakby z każdym dniem coraz śmielej i liczniej pojawiali się w mieście — pisało mi się niesłychanie łatwo, nazywałem to, co już zostało nazwane — armia policjantów w pierwszych dniach stanu wojennego była zgoła niezauważalna, z tej słynnej niedzieli, która zaważyła na tylu biografiach, zapamiętało się na ogół sprzęt, a nie ludzi, czołgi, samochody pancerne, i dopiero w następnych dniach i tygodniach patrole zomowców coraz liczniej i śmielej pojawiały się w mieście i coraz częściej ich nienaganny, choć skomplikowany rynsztunek mąciły mistrzowskie sztychy spojrzeń Alicji Hejnał.

Prawie każdy mieszkaniec miasta uniwersyteckiego K. widział choć jednego majestatycznie kroczącego w asyście swych kolegów szeregowca, któremu z rozchlastanego spojrzeniem Alicji Hejnał rozporka wyciekały jakieś nadmiary brudnobłękitnych milicyjnych kalesonów, prawie każdy słyszał przesadnie głośny śmiech ni stąd, ni zowąd wybuchający w jakimś punkcie ulicy, prawie każdy zapamiętał trójkę, czwórkę, piątkę funkcjonariuszy w z pozoru niepojętej rozsypce wycofującą się do najbliższej bramy. Być może niektórym utkwiła też w pamięci przysadzista, odziana ze swoistą elegancją postać kobiety przemykającej śpiesznie przylegającymi do uniwersytetu uliczkami. Był to bowiem ulubiony — jeśli można się tak wyrazić — rejon działań Alicji Hejnał. Krążyła Jagiellońską, Gołębią, Wiślną, Straszewskiego, jakby biorąc na swe barki prócz ciężaru walki także brzemię wszelkich symbolik tego obszaru.

Z przyjemnością i niespotykaną lekkością zapisałem tę historyjkę na niespełna szesnastu stronach; prawdziwe imię i nazwisko Alicji Hejnał zastąpiłem symbolicznym mianem „Ewunia rocznik 37", jej uliczne starcia zaś opisałem z przesadnym patosem i nie szczędząc jaskrawych efektów.

W rzeczywistości Alicja Hejnał nie była skłonna do szerzenia aż tak masowej demonstracji wśród wojsk Jaruzelskiego, być może podjęła kilka prób, lecz nigdy nie przybrało to tak hieratycznych rozmiarów jak w mojej humoresce. Alicja Hejnał, istotnie mając do perfekcji opanowaną sztukę rozpinania rozporków wiadomym sposobem, nie każdego zaszczycała zręcznością swego spojrzenia, a o licznych harcach z prostymi żołnierzami chyba raczej w ogóle nie mogło być mowy. Jej przeświadczenie o własnym elitaryzmie wynikało zresztą nie tylko z faktu, iż kunszt, którego sekrety posiadła, był nader rzadką umiejętnością, wynikało także z faktu jej przewag intelektualnych; była ona osobą, która przebyła wszystkie szczeble kariery naukowej, i jeśli w przypływie wielkoduszności wypróbowywała na kimś swoje umiejętności, musiał to być ktoś dorównujący jej jeśli nie tytułem, to przynajmniej liczbą publikacji. Efekty owych sporadycznych prób budzić mogły zresztą wyłącznie mieszane uczucia. Alicja Hejnał wśród równych sobie znajdowała niewielu jako tako sprawnych akademików i rzecz przeważnie kończyła się tak, iż dotknięty jej tkliwym spojrzeniem jakiś zasłużony marksista wybuchał płaczem i zasłoniwszy dłonią przeziębłe przyrodzenie, dreptał do toalety.

Pomimo wszystko, pomimo iż nie było jej dane rozwinąć pełni swych umiejętności i możliwości, Alicja Hejnał na początku lat osiemdziesiątych czuła się nie najgorzej. Zupełnie jej nie przeszkadzał brak w sklepach mydła, szamponów, środków piorących i dezodorantów. Podczas gdy inne kobiety stawały na głowie, aby osiągnąć choć gomułkowski stopień pielęgnacji ciała, ona jakimś cudem wciąż zachowywała naturalność osoby ubranej ze swoistą elegancją. Podobno działo się tak dlatego, iż jedynym zabiegiem, jaki zwykła wykonywać regularnie, długo i z upodobaniem, było golenie nóg. Ci, którzy widywali, jak wygodnie rozparta w fotelu opierała swe odrobinę zbyt masywne i odrobinę zbyt owłosione łydki na zawalonym obcojęzycznymi książkami biurku, twierdzą, iż dopiero wtedy wyglądała jak bohaterka niestworzonych rzeczy.

6. *Sens przepukliny*

Przepuklina, tak jak każda dolegliwość, sprawia, iż jej posiadacz zaczyna brać żywszy i bardziej świadomy udział w pracach własnego organizmu. W tym przypadku jest to o tyle ciekawe, iż upychając ją (przepuklinę) w głąb ciała, można się zarazem zorientować, jaki rodzaj substancji jest aktualnie transportowany przez niezbadany pierwiastek życia w kierunku definitywnego wylotu.

Jeśli kicha nie chce ustąpić, jeśli jest twarda niczym łyda dyskobolki, jeśli po jej wymagającym morderczego wysiłku upchnięciu wraca na powierzchnię po dobrej chwili, to znaczy, iż *elan vital* niesie na swych barach przez mroczne kanały naszych wnętrzności sporą porcję czegoś zwyczajnego, o czym nie warto mówić. Jeśli raz po raz wyskakuje na powierzchnię i za byle muśnięciem ustępuje, nie wydając przy tym najmniejszego odgłosu, to znaczy, iż w naszych trzewiach, niczym w Zagłębiu Krośnieńsko-Jasielskim, wezbrały pokłady śmiercionośnego gazu i nadchodzi *le temps perdu.*

Jeśli zaś kicha sama z siebie, bez jakiejkolwiek zewnętrznej interwencji, to pojawia się, to znika, jeśli pluszcze przy tym, bulgocze i figluje niczym złota rybka, to niewątpliwie oznacza, iż w kolejności spożytych dań została popełniona niezręczność i należy oczekiwać sytuacji — radykalnie kłopotliwych.

7. Hala Targowa

W minioną niedzielę, 8 czerwca 1986 roku, ujrzałem *Pamiętnik Matyldy* na jednym ze straganów Hali Targowej. Ujrzałem i jeśli powiedziałbym, że ledwo go w zmienionej szacie poznałem, skłamałbym. Poznałem go od razu i płacąc bez namysłu pięćset złotych (zapłaciłbym, jeśli byłoby trzeba, dwa albo i trzy razy tyle), natychmiast kupiłem. Prawdę mówiąc, co najmniej od kilkunastu niedziel, gnany niejasnymi przeczuciami, przechadzałem się pomiędzy straganami. Wdychałem święty zapach targowiska, niektóre zaaferowane czytelniczki przybliżały na niebezpieczną odległość swe duchowo nieobecne ciała, po nasypie gnały brudne, żółto-granatowe, pociągi, a ja rozglądałem się pilnie, jakby w nadziei, iż ujrzę gdzieś zapisany schludnym i kaligraficznym pismem szesnastokartkowy zeszyt.

Ujrzałem tymczasem sowicie wyposażoną we wszystkie możliwe atrybuty (druk, papier, gustowne inkrustacje graficzne) broszurę. Leżała pomiędzy najnowszym wydaniem *Doktora Faustusa* a *Domem nad rzeką Moskwą*. Nie było to najgorsze miejsce. Wyobrażałem sobie nieraz tę mityczną broszurę mego dzieciństwa leżącą pomiędzy *Mowami żałobnymi* Stablewskiego a *Czewengurem* Płatonowa, pomiędzy *Imkiem Wisełką* Hoffa a *Humoreskami beskidzkimi* Jasiczka, pomiędzy Bellowem a Cervantesem, pomiędzy Gogolem a Grassem, pomiędzy Mandelsztamem a Celanem, wyobrażałem ją sobie na szczycie piramidy wszystkich książek, które przeczytałem i które pragnąłem przeczytać.

I teraz wreszcie, gdy znajdowałem ją pomiędzy Mannem a Trifonowem, musiałem sam przed sobą przyznać, iż jest to miejsce godne piramidy i godne finału. Nie było mi żal, iż nie widzę tamtego zniszczonego, zaczytanego, przekazywanego z rąk do rąk, pokrytego rajskim brudem zeszytu. Zdawałem sobie jasno sprawę, iż *Pamiętnik Matyldy* w tak doskonałej postaci edytorskiej mógł zostać wydrukowany jedynie na najwyższej jakości sprzęcie poligraficznym, na sprzęcie, który został zakwestionowany podczas kontroli celnej na przejściu granicznym, który został odkryty w jednym z prywatnych mieszkań, który został skonfiskowany podczas przeszukania zabudowań gospodarczych. Za moich czasów takie rzeczy przepisywało się ręcznie, wypowiedziałem to zdanie bez żadnych ukrytych intencji, nawet za pomocą intonacji nie starałem się niczego dawać do zrozumienia, wiedziałem wszakże i to, iż choćby nie wiem, jak nieskończona była wszechwiedza stojącego przede mną niedzielnego handlarza, nie może on wiedzieć, iż ja, spoglądając roziskrzonym wzrokiem na tak pięknie wydany *Pamiętnik Matyldy*, czuję się ni stąd, ni zowąd niczym prawdziwy piewca upadłego ruchu związkowego.

Od autora

Pierwsze wydanie tych opowiadań opatrzyłem dedykacją: Hanuli. I teraz, po latach, powtarzam na początku jej imię, nie tylko po to, by pokazać, że żadne istotne rzeczy nie zostały w tej książce zmienione. Dałem jedynie w pewnych miejscach drobne poprawki stylistyczne, niczego więcej nie ruszałem, choć, prawdę powiedziawszy, całościowe istnienie co najmniej trzech pomieszczonych tu tekstów jest źródłem mojej głębokiej rozterki. Ale za to dwa, a może trzy inne opowiadania budzą niejakie zdumienie moją własną za młodu gotowością. Jeśli wszakże wolno coś powiedzieć naprawdę, od siebie i z głębi duszy, to mówię, że rozterka rozterką, zdumienie zdumieniem, a gotowość gotowością. Oto jest mój debiut, książka napisana w tamtych kontrowersyjnych czasach, kiedy próbowałem pisać. Jej materialne istnienie zawdzięczam uporowi

Zbyszka Mentzla, który przekonał Janka Choda-
kowskiego z Pulsu, że trzeba to wydać.

Wyznania się ukazały, miały świetną okład-
kę, zostały uhonorowane Nagrodą Kościelskich
i wszystkie te okoliczności dały mi rozpęd do pisania
rzeczy kolejnych. Przypominam sobie też, że maszynopis — chwilami zresztą do dziś niezrozumia-
ły — przemycała do Londynu Agnieszka Osiecka.
W ogóle rozmaite rzeczy sobie w związku z czasem
pisania i wydawania *Wyznań* przypominam. Bo też
przeważnie dawne książki budzą w autorze oprócz
rytualnej konsternacji nostalgiczne ożywienie. Ale
to, jak Bóg pozwoli, będzie tematem całkiem innych
wyznań.

Warszawa, marzec 2003

Spis rzeczy

Printed in Poland
Wydawnictwo Literackie Sp. z o.o., 2003
ul. Długa 1, 31-147 Kraków
Skład i łamanie: Design Plus
Druk i oprawa: Łódzka Drukarnia Dziełowa SA